中公文庫

うぽっぽ同心十手綴り

病み蛍

坂岡　真

中央公論新社

目次

瓜ふたつ

一

灼熱《しゃくねつ》の陽光が地上の万物を焼きつくしている。

夏の暑さは盛りを迎え、大川は涼み舟で埋めつくされた。

おふうが逝《い》って、ひと月が経《た》とうとしている。内輪でしめやかに葬儀を済ませたのち、新川河岸の「浮瀬《うかむせ》」には何度か足をむけた。足抜け女郎のおこまと土手の道哲《どうてつ》の墓守だった雁次郎《がんじろう》がおふうの遺志を継ぎ、居酒屋を切り盛りしているのだ。

夜毎深酒になって悪酔いし、くだを巻くやら暴れるやらで、馴染《なじ》みの連中には迷惑を掛けた。淋しいことに、文句を言う者は誰ひとりいない。愛娘の綾乃《あやの》でさえ、朝帰りをしようが醜態をさらそうが、父をたしなめようとはしなかった。

唯一、間借人の仁徳《にんとく》だけは「役立たず」だの「穀潰《ごくつぶ》し」だのと、いつもどおりの嫌みを吐いた。金瘡医《きんそうい》の辛辣《しんらつ》なことばだけが、逆しまに、心の傷を癒してくれた。

「心は空虚でも腹は空く。親が死んでも食わずにはいられない。人とはそうしたものだ。所詮《しょせん》、食うために生きておる」

と、仁徳は言った。

「嫌み爺《じじい》の言うとおりだな」

正午にはまだ小半刻《こはんとき》あるというのに、腹が空いてきた。

長尾勘兵衛《ながおかんべえ》は腹の虫を嘲《あざけ》りながら、面影橋《おもかげばし》の欄干に近づいた。

熱い鉄板と化した欄干から身を乗りだすと、神田川の川面《かわも》に若女房の面影が浮かんで揺れた。

「静《しず》……いや、おふうか」

二十数年前に失踪した妻のものなのか、それとも、今際《いまわ》に夫婦の契《ちぎ》りを交わした想い人のものなのか。

人生で出逢った忘れ得ぬふたりの女、そのうちのひとりにちがいないのだが、判別はつかない。

面影はすぐに消え、かけがえのない者を失った悲しみが甦《よみがえ》ってくる。

心は死にかけているというのに、空腹になる自分が腹立たしい。

「うぽっぽよ」

仁徳の声が、また聞こえてきた。

「おめえは、歩くことしか取り柄のねえ臨時廻りだろうが」

なるほど、そうであった。

ともかく、歩きだすしかない。

勘兵衛は欄干から離れ、面影橋を渡った。

行く先はきまっている。

つい、いましがた、牛込《うしごめ》の総鎮守でもある戸塚村《とつかむら》の穴八幡《あなはちまん》に詣《まい》った際、妊婦《はらみおんな》が大八車に轢《ひ》かれるという痛ましい出来事を耳にした。

場所は日無坂《ひなしざか》をのぼったさき、荷駄の行き来も頻繁な清戸道《きよとみち》だ。

ほんの半刻前に起こった惨事の顚末《てんまつ》を知りたくなり、穴八幡から押っ取り刀でやってきた。

面影橋辺から清戸道へ通じる道筋には、急坂が多い。

関口《せきぐち》寄りの南から胸突坂《むなつきざか》、幽霊坂、日無坂、宿坂《しゅくざか》、のぞき坂と、尾根のように連なってゆく。

日無坂は岩槻《いわつき》藩二万石の大岡主膳正《おおおかしゅぜんのかみ》と宍戸《ししど》藩一万石の松平大炊頭《まつだいらおおいのかみ》の両下屋敷に挟まれた抜け道で、名称どおり、頭上を覆う大樹の枝葉が陽光を阻み、日中でも薄暗いところだった。

勘兵衛は絽羽織《ろばおり》を脱ぎ、緩《ゆる》やかに蛇行する坂道をのぼりはじめた。

日照りつづきのせいで、日無坂は蒸し風呂同然の隧道《ずいどう》になりかわっている。

ゆっくり歩んでも息継ぎは荒くなり、毛穴からは汗がどっと吹きだしてきた。

喘《あえ》ぎながら坂のうえへたどりつくころには、滝に打たれたようになってしまった。

清戸道は乾ききり、人も荷駄も陽炎《かげろう》のごとく揺れてみえる。清戸や練馬方面から野菜を山と積みこんだ大八車も多く、車輪が通過するたびに土埃《つちぼこり》が濛々《もうもう》と舞いあがった。

道を隔てた向こうは雑司ヶ谷《ぞうしがや》、鬼子母神の鬱蒼《うっそう》とした杜《もり》がある。

南瓜《かぼちゃ》畑を背にした道端の一隅で、小者たちが気怠そうに後片付けをやっていた。

汗も拭《ふ》かずに近づくと、五十がらみの岡っ引きが日に焼けた四角い面をむけ、小鼻をおっぴろげた。

「おや、うぽっぽの旦那。わざわざ、お見えいただいたので」

「来ちゃわりいか」

「いいえ」

岡っ引きは、音羽《おとわ》の半五郎《はんごろう》という。

音羽、目白、雑司ヶ谷一円を縄張りにする地廻りの親分でもあり、お上の威光を笠に着た横柄《おうへい》な男だ。

「ここか、凶事があったのは」

「へい」

荷台に積んであった真桑瓜《まくわうり》が、道端にごろごろ転がっていた。

深い轍《わだち》と生々しい血痕も見受けられる。

妊婦と車夫は見当たらず、大八車も片づけられたあとだった。

「妊婦はどうなった」

「母親のほうは無事でやす」

「腹の子は」

半五郎は口をへの字に曲げ、つまらなそうに首を振る。

「死んでやした」

近くに住む取上婆に頼み、引きずりだしてもらったらしい。

「そうか」

勘兵衛は一歩すすんで腰を屈《かが》め、ぱっかり割れた瓜をひとつ拾った。

「それ、葵瓜《あおい》でやすよ」

「ふうん」

千代田城に納められる献上瓜のことだ。

元来は美濃の下真桑村に産した水菓子で、甘味があって美味《うま》いところから村の名を冠された。

歴代の公方《くぼう》はことのほか真桑瓜を好み、江戸近郊の成子坂《なるこざか》（新宿）や是政《これまさ》（府中）などに畑をつくって種を蒔《ま》き、同種の瓜栽培に打ちこませた。試行錯誤を繰りかえしたすえ、葵瓜の名を授けられるほどの優良種ができあがった。

瓜を詰めた木箱には布の覆いがかぶせられ、左右には葵の紋所が紺地に白抜きで染めぬかれていた。荷車で移送の際は、大名でさえ道を譲るという。それだけに、車夫たちの鼻息は荒い。

「車曳《ひ》きのやつらは生意気にも、自分たちに落ち度はねえ、女のほうが勝手に突っこんできたとほざきやしてね」

「真に受けたのではあるまいな」

「それが旦那、あながち、嘘《うそ》とも言えねえ」

偶《たま》さか通りかかった連中も「女の動きは妙だった」と証言した。

「わざと突っこんだように見えたとかで」

「芝居だったというのか」

「へい」

みなの証言を裏付けるように、妊婦の亭主と名乗る半端者がひとり、目白坂下にある荷受先の「鳴子屋《なるこや》」に怒鳴《どな》りこんだ。

鳴子屋は青物を一手にあつかう卸問屋、葵瓜をお上に納める御用達でもある。本店は神田多町の青物市場《やっちゃば》内にあり、目白坂下の店は江戸府内にいくつかある支店のひとつだった。

「その野郎は店先でごねまくり、番頭から三両ほどせしめやがった。あんまり手回しがいいもんで、内済金欲しさに仕組んだ芝居じゃねえかと疑っておりやす」

「なるほど」

「どっちにしろ、事を大袈裟《おおげさ》にするなと言われておりやしてね」

「誰に」

「へへ、占部《うらべ》の旦那ですよ」

「占部、誰だそれは」

「こいつは驚き桃の木だぜ。北町奉行所の占部誠一郎《せいいちろう》さまをご存じないと仰る《おっしゃ》」

おもいだした。臨時廻りの地味な男だ。

町中でよく見掛けるが、会釈する程度の仲にすぎぬ。臨時廻りは南北町奉行所合わせても十二名しかいないが、双方の交流はあまりない。

「長尾さまが南町のうぽっぽなら、占部さまは北町のうぽっぽ。そういや、おふたりはよく似ていなさる」

相手が誰であれ、あまり良い気はしない。

「へへ、瓜売りに掛けた駄洒落《だじゃれ》じゃねえが、撫《な》で肩で太鼓腹の突きだしたところなんざ、まさに瓜ふたつ。後ろ姿を眺めただけじゃ、区別がつきやせんぜ。おっと、気をわるくなさらねえでくだせえよ」

「この一件は、占部どのの預かりというわけだな」

「ま、そういうことになりやすかね」

半五郎は身を寄せ、耳もとに臭い息を吐きかけてきた。

「目白坂下の鳴子屋へ、旦那もお立ちよりなさるといい。ちょっとした小遣い稼ぎになりやすぜ」

「ふん、目こぼし料か。おれは袖《そで》の下と油虫がでえ嫌えでな」

「おっと、うっかりしておりやした。長尾さまは清廉が売りの旦那でやしたね。くく、奇特なこって」

嘲笑《ちょうしょう》されたところで、腹も立たない。

不浄役人で袖の下を拒む者は、よほどのお人好しか、役立たずとみなされる。

事実、上司には疎《うと》んじられ、同僚には阿呆《あほう》扱いされ、半五郎のような岡っ引きにも莫迦《ばか》にされてきた。世間でさえ、袖の下は必要悪とみている節がある。

そんなことは百も承知なのだ。が、この一線だけは譲れない。

「金がからめば、浄玻璃《じょうはり》の鏡も曇る」

勘兵衛はみずからを律し、目白坂下にむかった。

やはり、妊婦の素姓が気に掛かる。強請《ゆす》りを仕掛けた半端者の所在を、できれば聞いておきたいとおもったのだ。

二

鶴亀の二本松を通過し、関口台町から椿山がみえてきたところでひと息入れる。

このあたりが馬の背で、南側の坂下には神田川が緩やかに流れている。

さらに、急坂を下りてゆくと、右手に目白不動がみえてくる。左手前方には八幡宮の鳥居が聳《そび》え、江戸川橋《えどがわばし》の北詰めから音羽九丁目にいたる広小路《ひろこうじ》の賑《にぎ》わいも近づいてきた。

鳴子屋をさがしていると、香ばしい匂いに鼻を擽《くすぐ》られた。

「鰻《うなぎ》屋か」

おもわず、足がむいてしまう。

店の暖簾《のれん》を振りわけ、首を馬のように差しいれた。

貧相な顔の親爺が、渋団扇《しぶうちわ》をぱたぱたやっている。

客はひとりきり、床几《しょうぎ》の奥に衝立《ついたて》を立てまわし、ひっそりと飲んでいる。

「ごめんよ、邪魔するぜ」

「へい、らっしゃい」

親爺の声につられ、衝立の陰から赤ら顔がぬっと差しだされた。

「あ」

同時に声を発し、会釈しあう。

誰あろう、古部誠一郎だった。

なるほど、勘兵衛によく似ている。切れ長の涼しげな眸子《まなこ》に福々しい顔、ちがいといえば「地紋《ぢもん》」と称する眉間《みけん》の黒子《ほくろ》くらいだ。艶《つや》めいた頭髪は染めたものであろうし、半五郎の指摘どおり、小太りの体格にいたっては瓜ふたつと言っても過言ではない。

「長尾どの、まあこちらへ。ごいっしょにどうです」

気軽に姓を呼ばれ、勘兵衛は誘いに乗ってしまった。

「このとおり、昼の日中から飲み惚《ほう》けておりましてな。はは、まあ一献」

盃を空にして手渡され、冷や酒をとくとく注《つ》がれる。

これを一気に干すと、占部は嬉しそうに目尻を下げた。

「むふふ、おもったとおりの上戸であられる。さ、もう一献」

酒を注ぎながら親爺を呼びつけ、冷や酒の追加と鰻の筏《いかだ》焼きを注文する。

「長尾どの、半五郎に会われたのか」

「ええ」

「なぜ、この一件に」

「妊婦が轢かれたと聞いたもので」

「どうやら、気のお優しいお方のようだ。なるほど、妊婦は可哀相なことをしたが、轢いた車曳きにも女房子どもはおる。安易に罪を押しつけるわけにもまいらぬ」

「ごもっとも」

事を穏便に済ませたい様子が、ありありと窺《うかが》われた。

車夫の雇い主である鳴子屋から袖の下を貰っているのだろう。

あるいは、この一件を詮索《せんさく》されたくない格別な理由でもあるのか。

「しかし、奇遇ですなあ。よりによって、あなたが首を突っこんでこられるとは」

「わたしではいけませぬか」

「いやいや、好都合……と申しますか、これは宿縁かもしれません」

「宿縁」

「はい、こうなる予感はあったのでござる」

真顔で言われ、勘兵衛は呆気《あっけ》にとられた。

「占部どの、酔うておられるのか」

「ま、少々。されど、予感があったというのはまことです。なにしろ、あなたとわたしは面つきも背恰好もよう似ておる。役所で置かれている立場も、あまり居心地のいいものではなさそうだ。わたしらは、群れからはずされた山狗《やまいぬ》ですよ。あてもなく、そこいらじゅうをうろつきまわり、気づいてみれば、うろつきまわることだけが取り柄になってしまった。うぽっぽなんぞと綽名《あだな》され、誰からも振りむいてもらえず、人知れず死んでゆく。あなたはどうかわかりませんが、わたしなんぞは壁の染みも同然ですよ」

「壁の染み」

「以前、上役の与力どのに些細《ささい》な失態を詰《なじ》られましてな。そのとき、壁の染みも同然の役立たずめと面罵《めんば》された。情けないはなしだが、口惜《くちお》しいともおもわなんだ。長尾どのはいかがです。上役から蔑《さげす》まれ、同僚から莫迦にされても、口惜しいとか憎いとか、そうした感情は湧《わ》いてこないのではありませんか」

たしかに、指摘されたとおりかもしれぬ。

「ふふ、境遇も似かよっているようだ」

「境遇」

「ちと噂《うわさ》を聞きましてな。ま、どうぞ」

注がれた酒が、盃の縁から溢《あふ》れた。

占部は気にもせず、喋《しゃべ》りつづける。

「ご内儀が行方知れずだとか」

「二十数年前のはなしです」

「もはや、いないも同然ですな。じつは、わたしも早くに死なれましてね、忘れ形見の一人娘は二十三でまだ独り身です」

失踪《しっそう》した静のはなしをされたので、勘兵衛は席を立ちたくなった。

「いや、不躾《ぶしつけ》なことを申しました。ご勘弁、ご勘弁……勘弁ついでにもうひとつ、お聞きしてもよろしいかな」

「なんでしょう」

「ひと月ほどまえ、新川河岸で縄暖簾を営んでおった女将《おかみ》がむかしの情夫《いろ》に刺されて亡くなりましたな。たしか、名はおふう。長尾どのと浅からぬ因縁にあったというのは、まことですか」

「それが、どうかしましたか」

「いちど、おふうどのに声を掛けられたことがありましてな。茶碗河岸のあたりをぶらついておったときのことです。垢抜《あかぬ》けた粋筋《いきすじ》の女に声を掛けられたものだから、わたしは舞いあがってしまった。が、そいつはとんだ人違いで、どうやら、あなたとまちがえたらしかった。たぶん、あのときからだとおもいます。南町のうぽっぽと綽名される長尾勘兵衛どのを、それとなく意識しはじめたのは」

急に酔いがまわってきた。

席を退きたいのだが、尻をあげるのも億劫だ。

勘兵衛は余計なこととは知りつつも、重い口をひらいた。

「おふうとは、夫婦になる誓いを交わしました。誓いを全うしたいとおもい、褥《しとね》に寝かせたほとけに綿帽子をかぶせたのです」

「哀れな……いや、申し訳ない。そこまで深い仲とはつゆ知らず」

よいのだ。この悲しみを、虚しさを、誰かに聞いてほしかった。

勘兵衛は首を振り、占部の盃に酒を注いでやった。

「女房には逃げられ、好いたおなごには先立たれ、十手持ちの矜持《きょうじ》も折れかかっている。わたしは、情けない男です」

「さ、飲みなされ。情けない者同士、傷を嘗《な》めあうのも一興」

「ところで、八丁堀では占部どのをお見掛けしませんな。お住まいはどちらです」

「神楽坂《かぐらざか》上の肴町《さかなちょう》でござる。親の代から慣れ親しんだ組屋敷がござってな」

「ほう」

「鬼籍《きせき》に入った父は御膳所の庖丁《ほうちょう》人だった。冴えない息子は変わり種、なぜか十手持ちになったというわけです」

占部は充血した目で笑い、盃を呷《あお》った。

「愛娘の名を、お教えいたしましょうか」

「ええ」

「あけみでござる。暁《あかつき》の海と書いて、あけみと読ませるのですよ」

「暁の海か、良い名だ」

「妻の腹がまだ大きいとき、海釣りに出掛けましてな、暁に染まった海で黒鯛を釣りあげたのです」

そのとき、浮かんだ名らしい。

「いくつになっても、娘は可愛いものですな。長尾どのの娘御はおいくつですか」

「二十をひとつ越えました。医者になりたいなどと我が儘《まま》を言い、なかなか良縁に恵まれませぬ」

「そうですか。うちはようやく」

「ほほう、それはめでたい」

「決まれば決まったで、淋しい気もいたします」

占部がしんみりとこぼしたところへ、ようやく、筏焼きがはこばれてきた。

さっそく食してはみたが、さほど美味くもない。

「旅鰻でござるよ。千住や尾久で獲れる江戸前とはちがう」

「仰るとおり」

「格段に味が落ちる。ははは、おたがい、はいる店をまちがえましたな。されど、あなたに出会えてよかった。これも旅鰻が取りもった縁かもしれぬ。お近づきのしるしにと言っては何だが、ひとつ耳寄りのはなしを教えて進ぜよう。ほかでもない、瓜屋のことです」

「瓜屋」

「鳴子屋ですよ、主人《あるじ》の名は市兵衛《いちべえ》と申しましてな、こやつがなかなかの古狸《ふるだぬき》、ちっとやそっとじゃ尻尾を出しやがらねえ」

「ん、どういうことです」

「囲い荷ですよ。鳴子屋は安値で瓜を大量に買い占め、どこかに捨てているとの噂が囁《ささや》かれている。無論、瓜の卸値を釣りあげるための所業です」

「なんと」

「それが事実なら許せぬ。悪事の実態をあばき、市兵衛らを捕らえることができれば、大手柄となりましょう」

　この男、突っ走るのか。

「若い時分の熱い血が沸々と滾《たぎ》ってまいりましてな、どうにも抑えきれぬのです。長尾どの、わたしはこの一件を引退の花道にしたい。あなたなら、わかってくれるはずだ。高慢ちきな上役連中や糞《くそ》生意気な定廻りの若僧どもを、わたしは見返してやりたい」

　占部は面を紅潮させ、両手で握手を求めてくる。

「かならずや、証拠《あかし》をあげてみせますよ。どこかに、腐った瓜が山ほど捨てられているはずなのだ。ともあれ、今は内偵中なので、ここだけのはなしに」

「無論です」

　応援したい気分になってきた。

耳を澄ませば、目白不動の時の鐘が正午の捨て鐘を響かせている。

平皿に旅鰻の筏焼きはなく、竹串が捨ててあるだけだ。

腹は満ちた。占部の興奮が我が事のように感じられた。

三

なにやら、妙なはなしになってきたが、協力を求められたわけではない。

たしかに、悪徳商人や奸臣《かんしん》どもが暴利を貪《むさぼ》るのは許しがたい所業だ。が、敢えて協力する気もないし、占部の手柄を奪おうともおもわなかった。抛《ほう》っておくしかない。

三日ほど雨がつづき、妊婦や鳴子屋への関心も薄らいだ。

勘兵衛は縁側に座り、雨をみているのが好きになった。

夕立のようにざっと来るのではなく、いつのまにか降ったり止んだり、朝から晩まで途切れることもない。そんな雨の匂いを嗅《か》ぎ、木々の緑が濡《ぬ》れる様子を眺めていると、心を空っぽにすることができた。

思い出に浸るのではなく、悲しみや虚しさから解きはなたれ、ただ、静寂のなかに溶けてゆく。かけがえのない者を失った身にとって、時雨《しぐれ》のように降る夏の雨は唯一の救いだった。

おふうは、もうこの世にいない。

いくら嘆いても戻ってはこない。

艶めいた声が耳に聞こえてきた。

――旦那、おひとつどうぞ。

盃をむけたところで、注いでくれる者がいるはずもない。

おふうはきっと彼岸に席を設け、美味い肴でもつくってくれているのだろう。

「待っててくれ」

虚ろな眼差しで問いかけても、応じる声はない。

毎日、そんなことの繰りかえしだった。

南茅場町《みなみかやばちょう》の大番屋に顔を出さぬ日もあれば、三度の飯より朝風呂が好きなはずなのに、芝居町の「福之湯《ふくのゆ》」へ足を向けぬときもある。岡っ引きの銀次《ぎんじ》は心配でたまらぬようで、朝夕二度は顔をみせにきた。そのたびに「心配《しんぺ》えするな」と言ってやったが、みなに「微笑仏《みしょうぶつ》のようだ」と褒められた笑顔もどこかに消えてしまった。

「そろそろ、午《ひる》か」

腹の虫が、くうっと鳴った。

仁徳は朝から留守で、綾乃は買いだしから戻ってこない。

雨音にまじって、騒々しい物音が近づいてきた。

勘兵衛は尻を浮かせ、満天星《どうだん》の垣根に目を遣った。

「うぽっぽの旦那、てえへんだ」

顔馴染みの車力がひとり、簀戸門《すどもん》から駆けこんでくる。

「仁徳先生は、おりやせんか」

「どうした」

「若《わけ》え女が苦しんでおりやす」

さっと立ちあがり、庭下駄を突っかける。

表に出てみると、戸板のうえで女が腹を抱えていた。

額《ひたい》に膏汗《あぶらあせ》を滲《にじ》ませ、苦しげに呻《うめ》いている。

「癪《しゃく》か」

「さあ、どうでやしょう」

車力どもは首を捻《ひね》る。

そこへ、綾乃がひょっこり帰ってきた。

「父上、どうなされました」

「おう、よいところへ戻った。仁徳の爺様《じさま》は」

「玄治店《げんやだな》へ行かれました。三味線のお師匠さんにお灸《きゅう》をすえねばならぬとか」

「三味線の師匠だと。色気づきやがって、困った爺様だ。まあ仕方ない。綾乃、おまえが何とかしろ」

命じるよりもさきに、綾乃は女のもとへ駆けよった。

車力どもにてきぱきと指示を出し、治療部屋に運びこませる。

女は薄れゆく意識で「すみません、すみません」と謝りつづけた。

医師を志す綾乃には、微塵《みじん》の焦りもない。幼いころから仁徳を手伝っているので、下手な町医者よりも経験は豊富だった。

「癪ではありませんね」

腹部を触診し、素速く患部を探りあてるや、冷静に言ってのける。

「お腹を開いてみましょう」

「なに」

「小腸の一部に腫《は》れがあります。腫れがひどいときは切ってしまわねば命に関わることもあるのですよ」

「わしは、どうしておればよい」

「この方を元気づけてあげて」

「どうやって」

「手を握り、がんばれ、がんばれと、声を掛けつづけるのです」

「よし、わかった」

女は激しい痛みに襲われたのか、四肢をばたつかせ、悲鳴をあげはじめた。

「ほら、ちゃんと押さえつけて」

綾乃は車力どもを叱りつけ、女の口に丸めた手拭《てぬぐ》いを噛《か》ませた。

「我慢するのよ、いま楽にしてあげるからね。もう少し、がんばって」

開腹の支度ができると、綾乃の動作は俊敏さを増した。

鋭利な小刀で臍《へそ》のしたをすっと裂き、切り口に手を差しいれる。

血管を糸で結んで止血しつつ、小腸の一部を引きだしてみせた。

「うえっ」

車力どもが、おもわず目を逸らす。

勘兵衛は口をへの字に曲げ、血だらけの患部を睨《にら》みつけた。

途端に気分がわるくなった。しかし、嘔吐《おうと》すれば父親の威厳が損なわれる。

ここは我慢だと言い聞かせ、必死に耐えた。

一方、綾乃は赤黒く腫れた小腸の一部をみつけ、躊躇《ちゅうちょ》なくこれを裂いた。

びゅっと、鮮血が飛ぶ。

「うげっ」

小腸の裂け目から、ごろっと何かが転がりおちた。

「これですね」

綾乃は真っ赤なかたまりを拾い、水で洗った。

「なんだ、それは」

勘兵衛が顎《あご》を突きだす。

「石です」

「石か」

「ええ、飲みこんだのでしょう」

卵大の石は食道と胃袋をとおりぬけ、小腸まで達して詰まらせた。

「信じがたいはなしだ。どうして、石なぞ飲みこまねばならぬ」

「そんなこと、わたしに聞かれてもわかりっこありません」

綾乃は呆れ顔で吐きすて、傷口の縫合に取りかかった。

車力たちに問うても、女の素姓はわからない。川端に蹲《うずくま》り、痛がり方が尋常ではないので、地蔵橋《じぞうばし》からいちばん近い仁徳のもとへ連れてきたのだという。

やがて、車力たちも居なくなり、女は落ちつきを取りもどした。

下着を取りかえ、褥にそっと移してやる。

女は意識もしっかりしており、天井をじっとみつめていた。

まだ十八、九の若い女だ。鳶《とび》色の薄い瞳に、脅えの色が浮かんでいる。

「おい、平気か。痛くはないのか」

遅ればせながら、勘兵衛は優しいことばを掛けてやった。

女はわずかに微笑《ほほえ》み、こっくりと頷《うなず》いてみせる。

「お、お騒がせいたしました」

「喋ることができそうなら、二、三聞かせてくれ」

「ど、どうぞ」

「名は」

「まきと申します」

「住まいは」

「さるご商家に住みこみで働いておりました。今は宿がありません」

「女無宿か」

「は、はい」

「縁者はおらぬのか」

「天涯孤独の身にござります」

「なぜ、石なぞ飲んだ」

「死ぬつもりでした」

「なに」

「三日前、大八車に轢かれ、お腹の子を亡くしました。その子のもとへ、逝きたかったのでござります……う、うう」

嗚咽《おえつ》を漏らすおまきの肩を、綾乃が優しく抱きしめた。

「父上、もうそのくらいに」

たしなめられ、口を噤《つぐ》んではみたものの、やはり、聞かずにはいられない。

「すまぬ、もうひとつだけ教えてくれ。清戸道で大八車に轢かれた妊婦というのは、おぬしなのか」

おまきは泣きながら、何度も頷いてみせる。

いちど切れたはずの接《つ》ぎ穂がまた繋《つな》がった。

宿縁を感じざるを得なかった。

四

七つ刻になり、雨はあがった。

おまきに詳しく事情《わけ》を質《ただ》すと、意外な台詞《せりふ》が口から漏れた。

住みこみで働いていたさきは、目白坂下の鳴子屋であった。本店から偶に訪ねてくる主人の市兵衛に子を孕《はら》まされたうえに、捨てられたというのだ。

おまきによれば、腹の子は市兵衛の子であった。おまきは市兵衛に捨てられたことを嘆き、気づいてみたら、葵紋の覆いをかぶせた大八車に飛びこんでいた。母親が鳴子屋の大八車に轢かれたことで、まだ生まれぬ命は絶たれたのだ。そして、自分だけが生きのこったことを悔やみ、石を飲んで死のうとした。

いったい、どこまで自分のからだを傷つければ気が済むのか。

ともあれ、おまきの語った内容が真実なら、事は複雑な様相をみせてくる。

勘兵衛は、滅多町と通称される神田多町にやってきた。

なにはさておき、市兵衛本人に当たってみるしかない。

この際、占部への気遣いは二の次だ。

多町は鎌倉河岸と八辻原に挟まれた場所に位置している。

青物市場の中心だけあって、町の活気は半端なものではない。

青物や水菓子の卸問屋が軒を並べるなか、鳴子屋本店はひときわ大きな屋根看板を掲げていた。

表口の脇には、百日紅《さるすべり》が燃えるような花を咲かせている。

幹は床柱にしても良さそうな光沢を帯び、陽光が木葉の水滴を煌《きら》めかせていた。

裏長屋の洟垂《はなた》れどもが、幹を擽って遊んでいる。力を込めて揺すると、枝がさわさわ音を起《た》て、真紅の花弁が舞いおちた。

周囲に散らばった花弁は、妊婦の鮮血を想起させる。

勘兵衛は飄々《ひょうひょう》と風を切り、敷居を軽々と跨《また》ぎこえた。

目敏《めざと》い手代が駆けより、丁重な物腰で問いかけてくる。

「これは八丁堀の旦那、本日はどのようなご用件で」

「なあに、てえしたことじゃねえ」

はぐらかして主人を呼びにやらせると、しばらくして、肥えた五十男が血色の良い面をみせた。

「おいでなされませ」

「おめえが市兵衛か」

「へえ、旦那はたしか」

「南町の長尾勘兵衛だ」

「臨時廻りの長尾さま、さようでした。とんだご無礼を」

「馴染みの面でもあるめえ、なにも謝ることはねえさ」

さきほどの手代が、麦湯の冷めたのを運んできた。

これを一気に飲みほし、ほっとひと息つく。

「ごちそうさん、夏の麦湯にゃ千鈞《せんきん》の価値があるぜ」

「はあ」

「気のねえ返事だな。市兵衛よ、おめえにゃ女房も子もあるそうだな」

「へえ、ござりますが」

「だったら、素人《しろうと》娘を誑《たぶら》かすのもてえげえにしたほうがいい」

「あの、仰る意味が」

「わからねえか。ふざけるない、女中奉公の小娘に手え出しただろうが」

「え」

ただの火遊びなら、臨時廻りの出る幕はねえ。ただし、その娘が子を孕まされたうえに捨てられ、あげくに死にかけたとなりゃ、黙っちゃいねえぜ」

勘兵衛は背中から十手を引きぬき、歌舞伎役者のように目を剝《む》いた。

「旦那」

市兵衛は月代《さかやき》にうっすら汗を滲ませ、躙《にじ》りよってくる。

「ここでは何です。どうか、離室《はなれ》のほうへ」

「阿呆、最初《はな》からそう言え」

勘兵衛は雪駄を脱ぎ、主人の案内で長い廊下を渡った。

自宅も兼ねた店の奥行きは深く、瓢箪《ひょうたん》池の掘られた中庭まである。

「青物問屋が、これほど儲《もう》かる商売とはな」

皮肉たっぷりに吐きすて、広い奥座敷の床の間を背にして座る。

しばらくすると横の襖《ふすま》が開き、酒肴《しゅこう》を載せた猫足膳が運びこまれてきた。

「手回しがいいな。四六時中、おれみてえな不浄役人が訪れんのか」

「ご想像におまかせします」

ふと、占部誠一郎の顔が浮かんで消えた。

無論、この場で囲い荷の件を糺《ただ》す気は毛頭ない。

「長尾さま。さきほどのおはなし、おまきのことですな」

「さよう。おまきは石を飲んだぞ」

「石を」

「死のうとしたらしい」

「くそっ、性悪女《しょうわる》めが」

「聞き捨てならねえな」

「旦那、騙《だま》されたのはこっちなんです。おまきは音羽の色街で春を売っておりました。なるほど、一時は揚屋に通いつめ、あの女の色香に酔いました。高い樽代《たるだい》を払い、身請けもいたしました。堅気の娘として働かせ、ゆくゆくは妾にと考えていた矢先、孕みよったのです、あの莫連女《ばくれん》」

「おぬしの子であろうが」

「まかりまちがっても、それはありません」

市兵衛はきっぱり言い、怒りで頬を紅潮させた。

「世間体を憚《はばか》って秘密にはしておりますが、手前は腎虚《じんきょ》、何が立ちません。子のできぬからだなのでござります」

「なんだと」

「今ある子はすべて貰《もら》い子で」

「すると、おまきの孕んだ子は」

「おそらく、飄太《ひょうた》とか申す情夫の子でしょう」

「飄太とは目白坂下の店でごねた男のことか」

「いかにもさようで。春を売っていた時分から、情夫の影はちらついておりました。身請けの条件は情夫ときっぱり切れること、厳しくそう申しつけてあったはずなのに、おまきは約束を破った」

捨てられて自業自得、とでも言いたげだ。

市兵衛は、飄太の素姓をざっくり調べていた。

「西新井大師のさきにある六月村の出身で、千住宿界隈の馬屋に雇われ、付け馬稼業をやっておったとか。ただの小悪党ですよ。でも、おまきはどこに惚れたのか、つまらぬ男の言いなりだった。旦那、こいつは手の込んだつつもたせですよ。おまきは最初から、手前を騙すつもりで近づいてきた。ところが、思惑どおりに事が運ばず、切羽詰まったあげくに、とんだ茶番を演じてみせたというわけです」

大八車に飛びこんだのも、石を丸飲みしてみせたのも、すべて茶番だったというのか。

双方の主張は、あきらかに食いちがっている。

ひょっとしたら、嘘を吐いているのは、おまきかもしれない。

一連の出来事が市兵衛を騙すためのものだったとすれば、裁かれねばならぬのは、おまきと飄太のほうだ。

「飄太の居所は」

「存じあげません」

「六月村にはたしか、名刹《めいさつ》があったな」

「炎天寺ですか」

「おう、それだ」

「炎天寺の住職に聞けば、何かわかるかもしれませんな。もっとも、旦那がお出ましになる価値があるのかどうか。所詮、小悪党どものことです」

「抛っておけと申すのか」

「どうせ、小銭が目当てなのです。おまきの身柄をお渡しいただければ、こちらで適当に始末しておきますよ」

「どうする気だ」

「まずは、きつく灸をすえねばなりますまい。それからあとは、岡場所にでも沈んでもらいましょう」

「なんだと」

「旦那」

市兵衛は膝で畳を滑り、脂ぎった顔を近づけてきた。

つんと袖を引き、袂《たもと》にずっしりと重いものを入れてよこす。

「十両ござります。飄太とおまきに縄を打てば、手前にもとばっちりがくる。御奉行所から呼びだしが掛かれば、行かなくちゃなりません。言いたくないことも申しあげねばならぬでしょうし、外聞が悪うござります。ねえ旦那、ここはひとつお手柔らかに、お願いいたしますよ」

媚《こ》びた肥え面に、唾《つば》を吐きかけてやりたくなった。

勘兵衛は何をおもったか、重くなった袖を引きちぎってみせる。

「な、なにをなされます」

「うるせえ」

すっと立ちあがって一喝するや、袖ごと畳に叩きつけた。

じゃらんと、黄金の音が響く。

「おれは貧乏同心だが、商人風情に丸めこまれるほどやわな男じゃねえ。鳴子屋市兵衛、そいつを肝に銘じておけ」

「へ、へへえ」

市兵衛は迫力に気圧《けお》され、平蜘蛛《ひらぐも》のように平伏した。

臭えな。

この一件には、どうも裏があるような気がしてならない。

それが何であるのか、勘兵衛には見当もつかなかった。

五

おまきが消えた。

綾乃が目を離した隙《すき》に、すがたをくらましてしまった。

蚯蚓《みみず》がのたくったような字で、置き手紙が綴《つづ》られてあった。

——うらみはみずからはらします
一見、固い意志を示しているようだが、おもわせぶりな内容だ。お上のちからで鳴子屋市兵衛を裁いてほしいと、暗に訴えているようにも受けとれる。

いずれにしても、事の真実を追及する端緒が消えた。

飄太の居所を知る術《すべ》も失い、勘兵衛は途方に暮れた。

まるで、人騒がせな一陣の風に裾《すそ》を払われたかのようだ。

翌朝、鬱々《うつうつ》とした気分にいっそう拍車を掛ける出来事があった。

南茅場町の大番屋で、占部誠一郎の噂を耳にした。ふたりの古参同心が物笑いの種にするのを聞いてしまったのだ。

「暁海という愛娘の縁談、ご破算にされたらしいぞ」

「ほう、あれだけ持参金を積んでもだめであったか」

「あれだけとは、どのくらい積んだのだ」

「五十両さ」

「相手はたしか、米倉騏一郎《きいちろう》であったな」

「さよう、二年前に妻女を病で亡くした物書同心よ。こぶつきだというし、五十両は後妻におさまる持参金としては高いほうであろう。して、破談の理由は」

「しかとはわからぬが、やはり、痘痕《あばた》面のせいではあるまいか」

「しっ、父親に知れたら斬られるぞ」

「案ずるな、腰抜け占部にひとは斬れぬ」

「それもそうだ、ははは」

暁海の顔に痘痕があることを、占部は口にしなかった。

酷なはなしだが、痘痕にくわえて持参金の無い裸嫁では、なかなか貰い手はみつからない。娘の幸福を願う父は無理をして五十両もの金を用立て、何とか縁談をまとめた。たとい、相手が風采《ふうさい》のあがらぬ物書同心であろうとも、後妻であろうとも、嫁に迎えてもらえれば人並みの幸せは手にできる。娘の良さもわかってもらえるはずだと、父は確信していたのだろう。

ところが、いよいよ結納という段になって、先方から破談の申し入れがあった。

口惜しかったにちがいない。

占部の心情をおもうと、やりきれなくなってくる。

阿呆な同心どもはまだ、ひそひそ喋りつづけている。

「五十両でだめなら、いくらならよいのかと、あの温厚な占部どのが先方に乗りこんだらしい」

「往生際の悪い御仁よな」

「されど、二百両、三百両と積まれたら、相手も否とは言えまい。なにせ、内役の同心は実入りが少ないからな」

「それもそうだ。が、しかし、臨時廻り風情がそんな大金を用立てることができようか」

「まず、無理であろうな。むふふ」

勘兵衛はたまらず、声を荒らげてしまった。

「てめえら、うるせえぞ。他人の悪口を抜かす暇があったら、小悪党のひとりも捕まえてこい」

寡黙な男の豹変《ひょうへん》ぶりに、同心ふたりは驚いて声も出ない。

勘兵衛は雪駄を突っかけ、逃げるように外へ飛びだした。

「やっちまった」

口は災いの元、こんどは自分が噂の標的にされかねない。

が、悔いはなかった。黙っていたほうが悔いは残ったろう。

勘兵衛は重い足を引きずった。

「今日も暑くなりそうだな」

蒼天には白い雲がぽっかり浮かんでいる。

木苺《きいちご》の実が黄色く熟していた。ひとつ摘んで口に抛りこむ。

甘酸《あまず》っぱい味がした。おふうもたしか、この味が好きだった。

東に進んで霊岸橋を渡り、酒蔵の居並ぶ新川河岸へむかった。

一日にいちどは自然に足がむく。おふうへの未練がそうさせるのだ。

新川に沿って東に進んでゆくと、足許がじゃりじゃり音を起てはじめた。

地べた一面に、茶碗の欠片《かけら》が転がっている。

いつのまにか、茶碗河岸まで足を運んでいた。

「長尾どの」

ふと、誰かに呼びとめられた。

振りむけば、自分と瓜ふたつの男がにこにこ笑っている。

占部であった。

「奇遇ですな、こんなところでお会いするとは」

おもいだした。そういえば、占部はこの茶碗河岸でおふうに声を掛けられたのだ。

「長尾どの、じつは、あなたを捜しておりました。ひとつ、苦言を呈さねばならぬとおもいましてな」

「苦言、ですか」

「昨日、滅多町の鳴子屋を訪ねたでしょう」

「はあ」

「内偵をすすめていると申したはずだ。にもかかわらず、あなたは表口から堂々と踏みこんでいった。困りますな、これまでの苦労が水の泡になってしまう」

「申し訳ない。されど、囲い荷の件はつゆほども漏らしておりません」

「口に出す出さぬのはなしではない。鳴子屋市兵衛に警戒されるのがまずいのだ。もしや、手柄を横取りする腹ではあるまいな」

「まさか」

「ともかく、鳴子屋に関わるのはやめてもらえぬか」

「承服しかねますな」

「なぜ」

「おまきという女のことは、ご存じかな」

「おまき」

「大八車に轢かれた妊婦ですよ」

「ああ、おもいだした。命はとりとめたそうですな。その女が、どうかしましたか」

「昨日、拙宅へ担ぎこまれてきました」

「なに、お宅へ」

「間借人が金瘡医でしてね、近くの川端で苦しんでいるところを車力に助けられ、偶さか運ばれてきたのですよ」

「ほう」

おまきが石を飲んで死のうとした経緯《いきさつ》を説明すると、占部は腕組みで低く唸った。

「さような経緯があったのか。わしも長尾どのの立場なら、鳴子屋にねじこんだに相違ない。いや、さきほどは心ないことを申しあげた。すまぬ、このとおり、許してほしい」

深々と頭をさげられ、勘兵衛は面食らった。

占部は顔をあげ、にっと前歯を剝いてみせる。

合わせ鏡に映った自分が笑っているかのようだ。

「ここは暑い。大川端に鰻を食わせる店があります。長尾どの、そちらへどうです」

「また鰻ですか」

「旅鰻ではない。小名木《おなぎ》川で獲れた江戸前ですぞ」

「まいりましょう」

小腹も空いてきたことだし、その店の味なら知っている。

同心ふたりが連れだってはいると、何人かの客はきまりわるそうに出ていった。

無愛想な親爺は注文した冷や酒を出すと、背開きにした鰻に甘だれを塗って筏焼きを焼きはじめる。

「では」

香ばしい匂いを嗅ぎながら杯をあげ、すっと安酒を呷る。

「美味い、はらわたに沁みますなあ」

占部は嬉しそうに言い、酒を注いでくれた。

「おまきという女、とんだ食わせ者だとおもっておりました。それを証拠に、目白坂下の店に胡散臭い半端者があらわれたとか。妊婦はそやつとつるんで芝居を打ったにちがいないと、そんな噂を小耳に挟みましてね」

「たしかに、おまきは食わせ者かもしれぬ。ただ、それだけでは割りきれぬ事情があるようにおもうのです」

おまきと市兵衛の間柄や、双方で主張が食いちがっている点などを、勘兵衛はかいつまんで説明した。

占部は相槌《あいづち》を打ちながら聞いていたが、そのあたりの事情を調べていない様子がかえって不自然だった。少なくとも勘兵衛なら、狙った獲物の周辺で起こった出来事はひととおり調べるはずだ。しかも、妊婦が大八車に轢かれるという特異な出来事を見逃すはずはない。

「むふっ、さすがに江戸前は美味い」

占部は鰻をもりもり食べ、無邪気に喜んでいる。

この男の捕り方としての力量を、勘兵衛は少し疑った。

鳴子屋市兵衛が大それた悪事をはたらいているとの見方も、こうなると疑って掛からざるを得ない。

「いかがです、長尾どの」

占部は赤ら顔で、水をむけてきた。

「この際、いっしょにやりませんか」

「え、なにを」

「なにをって、悪徳商人の悪事をあばくのですよ。正直、わたしひとりでは手に余る。ちと困っておったところです。長尾どのは信用に足る御仁だ。手柄を分けあっても構わぬという気にさせてくれる。やはり、似ておるからでしょうな。ささ、飲みなされ」

「占部どの、手柄はいりませんよ。されど、手伝うことは吝《やぶさ》かでない。なにせ、おまきの一件がありますから」

「たしかに、捨ておけませぬな。書き置きの文面も気になります。市兵衛が刺されでもしたら事だ」

「手伝うといっても、わたしは何をやれば」

「そうですな、当面は見張りをお願いしたい」

「市兵衛のですか」

「さよう、きゃつめの行動を逐一把握せねばなりますまい。動くとすれば夜間です。ふたりして交替で見張っておれば、いずれ近いうちに尻尾を出さぬはずはない。いかがです、ご異存は」

「ござらぬ」

「きまりですな。ぬははは」

占部はのどちんこをみせて大笑し、店の勘定をすべて払った。

愛娘の縁談が流れたはなしなど、勘兵衛はすっかり忘れていた。

六

それから数日間は、寝不足の日々がつづいた。

戌《いぬ》の五つには床に就き、子《ね》ノ刻《こく》前後に起きて家をこっそり抜けだす。

仁徳と綾乃には事情を告げてあったので、不審がられる心配はなかったが、闇夜の町に足を忍ばせる気分はあまり良いものではない。

「野良犬か、こそ泥のようだな」

しかも、鳴子屋市兵衛にこれといった動きはなかった。

人影も消えた滅多町の片隅にただひとり、物陰に隠れてじっと張りこむ。それは想像以上に辛い役目で、勘兵衛にとっては休まずに歩きつづけるほうが格段に楽だった。

いつもなら、定廻りの末吉鯉四郎《すえよしこいしろう》や岡っ引きの銀次に手伝わせるところだが、夏祭りで賑わう盛り場廻りが忙しいので、どうも頼みづらい。意地を張らずに頼めばいいものをと、綾乃は溜息《ためいき》を吐いたが、自分で乗りかかった舟だけに気のおけない連中に甘えるのは控えたかった。

青物市場は、夜明けとともに活気づく。

明け六つまで粘ったのち、張りこみからようやく解放された。

途中の堀川に蓮が咲いていた。午までには萎《しぼ》んでしまうにちがいない。

芝居町に戻り、銀次が女房にやらせている福之湯の一番風呂に浸かる。

熱い風呂に浸かれば、足の先から疲れが抜けてゆく。それが唯一の楽しみになった。

銭湯からの帰り道、親父橋の自身番に立ちよってみると、番人の留造《とめぞう》がおたつきながら顎を突きだした。

「あ、うぽっぽの旦那。今、半六《はんろく》を呼びにやらせたところで」

「何かあったか」

「垢離《こり》場のそばで、若え男のほとけがみつかりやした。ひょっとしたら、お捜しの付け馬じゃねえかと」

「誰が言った」

「親分でやす」

「銀次が」

「へえ」

どうやら内緒で、おまきの行方を捜しまわってくれていたらしい。

おおかた、茶でも飲みにきたとき、綾乃に経緯を聞いたのだろう。

「銀次め、余計なことを」

口では言いつつも、内心はありがたい気持ちでいっぱいになった。

勘兵衛は袖をひるがえし、急ぎ足で両国にむかった。

垢離場は大橋を渡った向こう両国、回向院《えこういん》前の川淵にある。

ちょうどこの時期は、勇み肌の連中が水垢離をおこなっていた。

「懺悔《ざんげ》懺悔、六根罪障《ろっこんざいしょう》、懺悔懺悔、六根罪障」

水垢離を済ませた男たちは講をつくり、白装束に身を固め、相模《さがみ》の大山へ大太刀を納める旅に出る。「懺悔、懺悔」の大合唱は三伏の猛暑を際立たせ、海鳴りとなって本所両国の一円を包みこむ。早朝にはじまり、夕まぐれの大川に納涼船が滑りだすころまでつづくのだ。

勘兵衛は汗を絞《しぼ》りつつ、垢離場までやってきた。

「あ、旦那」

銀次が汀《みぎわ》で手をあげている。

「こっち、こっち」

土手下の草叢《くさむら》には莚《むしろ》が敷かれ、六尺棒を手にした下役たちと野次馬もちらほら集まっていた。意外なことに、本所廻りのすがたはない。

「つい今し方、雁首《がんくび》を揃えてやってきやしたがね、ほとけが付け馬とわかるや、去っていっちまった。どうせ、小銭の恨みで殺《や》られたんだろう。つまらねえ小悪党なんぞに構っちゃいられねえ。そんなふうに漏らしやしてね、連中、唾を吐いて消えちめえやがった。ったく、十手持ちの風上にも置けねえやつらだぜ」

銀次は顔つきこそ温厚だが、獲物を狙う眼光は鋭い。すっぽんの異名で呼ばれ、老練な手管には定評がある。勘兵衛との付きあいは古く、もはや、一心同体の間柄と言っても過言ではなかった。

「銀次、この糞忙しいときに、すまぬな」

「旦那、ひとひとり殺《あや》められたんですよ。こいつを抛っておけやすかってんだ。それに、小臭えったらありゃしねえ。ひとりで真夜中の張りこみなんざ、よしにしてくだせえよ。なんにせよ、岡っ引きに気遣いは無用でさあ。あっしなんぞ、顎で使っていただけりゃいいんです」

「はは、そうさせてもらうか」

勘兵衛は汀にすすみ、莚に寝かされた男を見下ろした。

「こいつが飄太ですよ。水垢離をやっている連中のなかに、顔見知りがおりやしてね」

「なるほど」

咽喉笛《のどぶえ》を、鋭利な刃物で真一文字に掻《か》っきられている。

おそらく、致命傷となった傷であろう。

勘兵衛は背中から十手を引きぬき、先端で莚を捲《めく》った。

すると、銀蠅《ぎんばえ》の群れがわっと飛びたった。

除《の》けても除けても、鼻面にまとわりついてくる。

夏の検屍ほど、嫌な役目もない。

屍骸《むくろ》は腐りかけ、異臭を放ちはじめていた。

「たまらんな」

飄太は大口を開け、双眸を瞠《みは》ったまま、ことされている。

怨念の籠《こ》もった顔だった。すぐには死ねず、苦しんだにちがいない。

「無念を訴えてえって顔だ」

銀蠅が眼球を這《は》いずり、白目を舐《な》めている。

瞳の色はまだ黒い。

「殺られて一刻も経ってねえな」

「あっしも、そう読みやした。傷は咽喉笛のやつだけ、争った跡はありやせん」

「そのようだな」

着物の上半分をどす黒く変色させているのは、夥《おびただ》しい血にほかならない。

周囲の草叢にも、打ち水のように撒《ま》かれた血が固まっていた。

「ここで殺られたか」

「旦那、まちげえねえ」

「真正面から咽喉を裂かれ、その場に蹲った」

「殺ったな、顔見知りでしょうかね」

「おそらくな。飄太は殺られるのも知らず、呼ばれてのこのこやってきた。ふん、小悪党の末路なんざ、こんなものさ」

「おや、旦那らしくもねえ物言いだ」

「そうかい」

「どんな悪党でも死ねばほとけ、懇《ねんご》ろに弔ってやるのが捕り方の役目だって、いつも仰っているじゃありやせんか」

「忘れたわけじゃねえよ。ただな、おれも人間だ。この男には、ちと頭にきていたのさ」

「だって、見たこともねえ野郎なんでしょう」

「どんな野郎かは想像できたさ。こいつは、自分の子を身籠もった情婦を大八車に轢かせた、たぶんな。小金を強請るために、非道なことをやらせたんだ。そいつは人間の皮をかぶった獣のやることじゃねえか。おまきが石を飲んだのも、おおかた、この男に言われてやったことにちげえねえ。そんなふうに考えたら、むかっ腹が立ってきてな」

「綾乃お嬢様から、あらましはお聞きしやしたよ。なるほど、大八車の一件は飄太がやらせたことかもしれねえ。だとしたら、こいつは外道でしょうよ。でも旦那、石を飲ませた件に関しちゃ、ちと無理がありやす。でえち、なんで情婦に石なんぞ飲ませなきゃならねえんです」

　銀次の指摘はもっともだ。おまきは死のうとして、みずから石を飲んだ。それ以外に説明はつかない。

　ただ、勘兵衛はそうでないような気がしてならなかった。

「理由はわからねえ。だがよ、女が死のうとするとき、石を飲むか。ほかに、死に方はいくらでもあろう」

「それはそうでやすがね」

「銀次、あれこれ詮索してもはじまらぬ。傷ついたからだで消えた理由もふくめて、本人に聞かねばわからぬことだ」

「おまきを捜せってことでやすね」

「そういうことだ」

「旦那、今おもいついたんだが、咽喉笛を搔っきるくれえなら、女にだってできやすよ」

「まあな」

内輪揉めのすえ、おまきが飄太を殺ったという線も捨てきれない。

「このあたりは夜鷹《よたか》も多い。誰かみた者がおるかもしれぬ」

「あたってみやしょう」

「頼む」

銀次は土手のむこうに消えた。

ふと、背中に冷たい視線を感じたが、振りむいても人影はない。

勇み肌の男たちの「懺悔、懺悔」という唱和だけが、茹《ゆ》であがった川面に虚しく響いていた。

七

その夜、鳴子屋市兵衛が動いた。

目つきの鋭い手代ひとりを連れ、闇舟とも称する夜釣舟をしたて、神田川を大川の落ち口にむかって漕ぎだしたのだ。

勘兵衛も別の闇舟に乗り、一定の間合いを保ちながら、艫灯《ともあか》りを追わせた。

夜空の月は糸のように細く、心もとない。

星影は川面に溶け、白い水脈《みお》をわずかに映しだす。

いよいよ、大川にたどりつくと、大橋の太い橋桁《はしげた》が黒い魔物のように覆いかぶさってきた。市兵衛と手代を乗せた闇舟は水を得た魚となり、江戸湾の巨大な河口にむかって波を切る。

土手からみれば穏やかな川の流れも、舟を浮かべてみると予想以上に夙《はや》い。

二艘の闇舟は永代橋《えいたいばし》をくぐりぬけ、江戸湾を指呼の間においた。

やがて、鬱蒼とした島影が舳先《へさき》に迫ってきた。

石川島である。

正面は御用地、裏側は佃島《つくだじま》、ふたつの島の狭間には人足寄場《にんそくよせば》があった。

元来は無宿者を改悛《かいしゅん》させ、生業を与えるためにつくられた場所だが、数年前から軽い罪を犯した者も服役するようになった。爾来《じらい》、水玉人足のあいだに良からぬ空気が蔓延《まんえん》し、寄場入りは牢入りも同然とみなされていた。

闇舟は人足寄場に通じる道三橋を横目にみながら、ぐるりと島を迂回《うかい》し、佃島の東寄りに近づいていった。

島の鎮守である住吉明神社を中央に置き、漁師町は西側に集まり、東側には岩場と雑木林しかない。さらに、石川島とは砂州で区切られている。

人家のないはずの岩場に、灯りがぽつんとみえた。

その灯りが、大きく輪を描くように廻りはじめる。

「龕灯《がんどう》だな」

市兵衛たちは、龕灯の灯りをめざして漕ぎよせる腹なのだ。

勘兵衛は船頭に命じて沖合いに待機させ、しばらく様子を窺った。

「お役人さま、余計なことかもしれやせんが、つい十日ばかしめえも同じことがありやしたよ」

「なに」

船頭の漏らしたことばに、勘兵衛は気をとられた。

「神田川から大川にむかう同じ川筋でしたよ。旦那によく似ていらっしゃるお役人さまをお乗せし、佃島までやってきたんでやす」

自分とよく似た役人とは、占部誠一郎のことだろう。

「それで、役人はどうした」

「へえ、頃合いをみはからって、船着場に送りとどけやした。岩場の狭間に、朽ちかけた桟橋がごぜえやしてね。たぶん、島の者しか知らねえ船寄せでやしょう。いや、ひょっとすると、島の連中も知らねえかもな」

「役人をおろして、それからどうした」

「帰《け》えりやしたよ。へへ、たっぷり船賃をはずんでもらってね」

「船賃を」

「へえ、一朱ほど」

船頭の魂胆が読めたので、勘兵衛は舌打ちをしたくなった。

「合図の灯りも消えたみてえだし、そろそろ、めえりやしょうか」

「ふむ、そうしてくれ。慎重にな」

「へえ」

船頭は巧みに櫓《ろ》を操り、桟橋に近づいていった。

なるほど、朽ちかけた桟橋がうっすらみえてくる。

すでに、先行した一艘は岸辺を離れてしまったらしい。

船頭は星明かりだけを頼りに漕ぎよせ、纜《ともづな》を杭《くい》に引っかけた。

「旦那、着きやしたよ。へへ、どうしやす、待っておりやしょうか」

「いいや、帰っていい」

勘兵衛は袖に手を突っこみ、小粒をひとつ取りだした。

「ほれよ」

「へ、ありがとさんで。今晩のことは他言無用、誰にも喋りやせんよ」

「ん、そうか」

他言無用とは、おそらく、占部の吐いた台詞であろう。

協力を要請しておきながら、なぜ、佃島の件を黙っていたのか、その点が少し引っかかる。

舟は桟橋を離れ、暗い波間に消えた。

勘兵衛は踵《くびす》を返し、岩場を縫うようにつづく狭隘《きょうあい》な道をたどりはじめた。

あたりは漆黒の闇、時折、得体の知れない何かの鳴き声が聞こえてくる。

鳥か、獣か。あるいは、化け物か。

夜目が利くので道に迷う心配はないが、陸から孤絶した島の雑木林を踏みわけてすすむのは、かなりの勇気がいる。

ともあれ、龕灯の光をみつけねばならぬ。

勘兵衛は十手を握りしめ、先を急いだ。

——ざざん、ざざん。

波の砕けちる音が聞こえる。

雑木林を抜けると、また岩場に出た。

高台に立ってみても、龕灯らしき光はみえない。

砂州の西向こうに小さくみえるのは、住吉明神社の鳥居を照らす篝火《かがりび》だろうか。

年に一度の明神祭は終わったばかりだ。祭りの興奮に酔いしれた者たちは深い眠りに落ち、闖入者《ちんにゅうしゃ》の影に気づくべくもない。

北西に位置する人足寄場も、死んだように静まりかえっている。

柿色に白い水玉模様の仕着せを着けた人足どもは、炭団《たどん》づくりや藁《わら》細工や紙漉《す》きなどの手仕事を終え、死んだように眠っていることだろう。

ふと、目の端に龕灯の灯をみつけ、勘兵衛は岩陰に身を隠した。

耳を澄ませば、潮騒にまじって、ひとの話し声が聞こえてくる。

地に這いつくばり、亀のように近づいていった。

近づくにつれて、生臭い臭気が濃くなってゆく。

潮の香りに薄められてはいるが、あきらかに物の腐った臭いだ。

「このまま、放置しておくわけにもゆくまい」

「それゆえ、須藤《すどう》さまのお力添えを願いたいと」

「またか」

「はい」

「土をかぶせて埋めるのに、水玉人足を使えと申すのだな」

「さすが、剃刀《かみそり》と評される佐々木《ささき》さま、いかにも、さようにござります」

勘兵衛は這いつくばったまま、ふたりの男の交わす内容に耳をかたむけた。

ひとりは鳴子屋市兵衛で、もうひとりは役人だ。

しかも、知らぬ相手ではない。

佐々木とは、人足寄場の見廻り同心を務める佐々木次郎八《じろはち》のことだろう。

そして「須藤さま」とは人足寄場掛かりの与力、須藤式部《しきぶ》のことにまちがいなかった。

須藤は南町奉行所に属し、人足寄場の全権を握っている。北町奉行所にも掛かりの与力はいるものの、須藤のほうが格上とみなされていた。

勘兵衛はうるさい藪蚊《やぶか》を手で払いのけ、聞き耳を立てた。

「鳴子屋、木切れを運ぶ大茶舟を使わせただけでも、ありがたいとおもえ。たいそう骨を折ったのだぞ。そのうえ、水玉人足を差しだせと申すのか」

「佐々木さま、これを」

「ん」

「少しばかり早うございまするが、中元の餅にございます」

「ふふ、黄金の餅か。さぞ、うまかろうな」

「それはもう、お口に合おうかと。須藤さまのもとには、あらためて参上する所存にござります。佐々木さまには、是非とも地均《じなら》しを」

「わかった、何とかやってみよう。鳴子屋、それはそうと、身辺にはくれぐれも気をつけよ。まんがいち、このことが外に漏れたら、わしや須藤さまとて、ただでは済まぬのだからな」

「そのときはそのとき、知らぬ存ぜぬで通していただければようござります」

「ほほう、たいそうな自信だな。この一件に関わった者はどうする」

「どうするもこうするも、ござりませぬよ」

「口を封じるのか。ふん、おぬしほどの悪党は、なかなかおらぬわい」

「お褒めいただき、光栄にござります」

「して、本日の予定は」

「明神さまにお詣りし、朝風呂にでも浸かって帰りますよ」

「鳴子屋の寄進は群を抜いておるからな。この佃島で、おぬしに逆らうことのできる氏子はおらぬわい。ま、ゆるりとしてゆくがよい」

佐々木次郎八とその配下は去り、しばらくして、鳴子屋市兵衛と手代の気配も消えた。

勘兵衛はごろりと仰向けになり、溜息をひとつ吐いた。

ぱしっと首筋を叩き、藪蚊を殺す。

潰れた藪蚊は異様に大きく、大量の血を吸っていた。

意を決し、岩陰から顔を差しだす。

「お」

声が漏れた。

岩に囲まれた半町四方の窪地《くぼち》に、腐った瓜が山と積まれている。

「みつけた」

占部の語った囲い荷の証拠であった。

鳴子屋は人足寄場の役人を抱きこみ、人目につかぬ島はずれの窪地に瓜を捨てていたのだ。瓜だけではない。捨てる場所が確保できれば、同様の手口でほかの青物や水菓子も囲い荷することは可能となる。

狙いはそれなのだ。莫大な利益をあげるためには、危ない橋を渡ってでも突きすすむしかない。

大胆かつ巧妙な手口に、正直、勘兵衛は舌を巻いた。

いずれにしろ、人足寄場の与力同心がからんでいる以上、容易に解決できるはなしではなかった。

さっそく立ちかえり、占部と善後策を練らねばならぬと、勘兵衛はおもった。

さて、どうやって島を抜けるか。

方法はいくらでもある。

ただし、敵にみつからずに戻ることができるかどうか。

その点は自信がない。

狭い島のことだ。見馴れぬ臨時廻りが島をうろついていたら、すぐさま、佐々木や鳴子屋の知るところとなろう。

闇舟を帰してしまったことが、今になって悔やまれた。

八

勘兵衛は町人に化け、魚河岸にむかう漁船に便乗させてもらった。鉄炮洲《てっぽうず》稲荷の桟橋に降りたち、振りむけば江戸湾は曙光《しょこう》を煌めかせている。

占部誠一郎はあの沖合いに釣り舟を浮かべ、未だ見ぬ娘の名をおもいついた。暁海は男児の名に似つかわしくない。占部は暁に燃える海原で、娘が産まれることを予期したのだろうか。

今日も暑い一日がはじまった。

勘兵衛は自邸に戻らず、まっすぐ、芝居町の福之湯にむかった。

なにはともあれ、朝風呂に浸かろう。

それに、銀次にだけは事情をはなしておきたかった。

付け馬の飄太殺しが、囲い荷の一件と繋がっている公算は大きい。

疲れた足を引きずり、芝居町まで戻ってきた。

福之湯の暖簾を振りわけ、女湯に踏みこむ。

番台でうたた寝をする撫で牛のような大年増は、銀次を尻に敷く女房のおしまだ。

板間の隅っこには、勘兵衛専用の刀掛けが用意されてある。

絽羽織と汗で濡れた格子の着物を脱ぎ、留桶と糠袋《ぬかぶくろ》を手にして洗い場を通りぬけた。

朱と金箔で飾った破風《はふ》を仰ぎ、柘榴口《ざくろぐち》から屈みいる。

穴蔵に設《しつら》えられた湯舟は、夏でも濛々と湯気をあげていた。

「熱っ」

爪先を差しいれただけで、全身に痺《しび》れが走る。

「それ」

掛け声とともに肩まで浸かると、一瞬だけ身が引きしまり、すぐに弛緩《しかん》しはじめた。

骨抜きの水母《くらげ》にでもなった気分だ。

「旦那、おられやすかい」

柘榴口の向こうから、嗄《しゃが》れ声が聞こえた。

「銀次か。どうした、その声」

「夏風邪を引いちまって、なあに、てえしたことはありやせん」

「すぐに出るから待っててくれ」

「ごゆっくりどうぞ、といっても、旦那は烏《からす》の行水だかんな」

「何かあったな」

「じつは、お耳に入れてえことが」

「こっちもだ」

「お着替えを用意しときやした。屋根裏部屋でお待ちしておりやす」

「すまぬな」

勘兵衛は、ざばっと湯舟からあがった。

洗い場でからだも洗わず、仕舞い湯でさっと流し、脱衣場に戻ってくる。

撫で牛は涎《よだれ》を垂らし、あいかわらず眠りこけていた。

勘兵衛は涼しげな浴衣を羽織り、おしまを起こさぬように、忍び足で階段をのぼった。

二階は近所の爺たちといっしょにくつろぐ場だが、もうひとつ上の三階は密談部屋だ。

狭い部屋の西側には小窓が穿《うが》たれ、見下ろせば魚河岸に通じる堀川がみえる。

銀次は冷や酒を用意していた。

肴は奴《やっこ》、刻んだ紫蘇《しそ》の葉を散らしてある。

「旦那、つるんとやってくだせえ」

「おう、わりいな」

銀次に注いでもらい、すっと盃を呷る。

「ぷはあ、たまらねえ。生きててよかったぜ」

「へへ。旦那、いってえ、今までどこにいらっしゃったので」

「佃島さ」

「佃島、そりゃまたどうして」

「ちょいと待ってくれ、もう一杯飲んでからだ」

勘兵衛は盃を呷り、豆腐をつるんとやった。

腹が落ちついたところで、昨夜からの経緯を語りはじめた。

鳴子屋と人足寄場の役人どもが、結託して悪事をはたらいていること。北町同心の占部誠一郎からその一件について助力を請われたこともふくめ、すっかり語りおえると、銀次は重い溜息を吐いた。

「めえったな、こいつは一大事だ」

「ところで、そっちのはなしとは」

「へえ、じつは、飄太殺しを見た者がおりやした」

「ほ、そうか」

「旦那が仰ったとおり、夜鷹でやすよ」

一部始終を目にしたわけではなく、夜鷹は男の悲鳴を聞いて駆けつけた。

「見たのは走り去る後ろ姿でやしてね、顔まではわかりやせん。ただ、逃げたのは月代頭の男で、侍のようだったと」

「ふうむ」

夜鷹は怖ろしさを怺《こら》え、飄太のそばに近づいた。

飄太は裂かれた咽喉首を押さえ、苦しがっていたらしい。

それでも、しばらくは何か言いのこそうと藻掻《もが》いていた。

「夜鷹は、何か聞きとったのか」

「へい、飄太のやつはどうも、死神に殺られたと言いたかったらしいんです」

相手の風体を知りつつも、姓名や素姓まではわからなかった。だから「死神」と呼ぶしかなかったのかもしれない。

「下手人は侍、死神と呼ばれる男か」

「ま、そういうわけで」

銀次は銚子をかたむけ、酒を注いでくれた。

「それと、もうひとつ」

「なんだ」

「昨夜、子ノ刻過ぎ、北町奉行所の臨時廻りを務めておられた米倉左門《さもん》さまが、無惨な死に方をなされやした。賊が番町の御屋敷に忍びこみ、物もとらずに、米倉さまの首だけを刎《は》ねていったのだそうで」

「まことか、それは」

「物音がしたので家人が部屋に踏みこんでみると、あたりは血の海だったとか。家人で賊の顔をみた者はおりやせん……旦那、どうされました、お顔が真っ青ですよ」

「米倉左門は占部どのの元同僚でな、本人は隠居したが、騏一郎という物書同心の子息がある。占部どのの愛娘とのあいだで、縁談がすすめられておったのだ。ところが、結納を交わす直前、破談になったという噂を聞いた」

「何かあんな、こりゃ」

銀次は乾いた唇を舐めた。

「いや待て、滅多なことを言うものじゃない。占部誠一郎にひとは斬れぬ」

みずからに言い聞かせるように吐き、勘兵衛はすっと立ちあがった。

「旦那、どちらへ」

「神楽坂上の肴町に、占部どのの自邸がある。今から急いで行けば、会えるかもしれん」

「ごいっしょいたしやしょうか」

「ひとりで行く。そっちは、おまきの行方を捜してくれ。飄太は千住宿の界隈で油を売っていた男だ。おまきも、その辺りに地縁があるかもしれん」

「合点で」

ふたりは面を紅潮させ、階段を転がるように降りた。

番台に座る撫で牛が目をあけ、にっと微笑んでみせる。

「おや、うぽっぽの旦那、浴衣姿でお出掛けですか」

「ふふ、ちょいとな」

「お刀は」

「おっと、忘れるところだ」

「いやだ、困りますよう」

「おめえの言うとおりだ。飾りでも差していかねえことにゃ、恰好がつかねえからな。ついでに、絽羽織も羽織っていこう」

「浴衣にもよく似合いますよ」

「そうかい。今朝はずいぶん愛想がいいな」

おしまは困った顔になり、かたわらの銀次に助け船を求める。

「おまえさん」

「何だよ、朝っぱらから、しけた面しやがって」

「じつはね、嫌な夢をみちまったんだよ」

「嫌な夢なら口に出しちまいな」

「いいのかい」

「口に出しゃ、そいつが逆夢になる」

「だったら申しあげます。旦那がね、白昼、辻強盗に襲われるんですよ」

「あんだと」

「斬られちまうんです。なにせ旦那は、こう言っちゃなんだけど、あんまりお強くないもんだから、膾斬《なますぎ》りにされちまうんですよ」

銀次は目を逆吊らせた。

「てめえ、縁起でもねえ夢をみやがって」

「みちまったものは仕方ないじゃないか。口に出せば逆夢になるんだろう」

「言っておくがな、長尾さまはおめえなんぞがおもってるほど、やわな旦那じゃねえ」

「え、そうなのかい」

「そうなのかいって、おめえ、何年つきあってんだ。捕縄術にかけちゃ、右に出る者はいねえんだぜ」

「銀次、よいよい。ふたりとも、わしのことで喧嘩するな」

勘兵衛は割ってはいり、泣きだしそうなおしまの肩を叩いてやった。

「ありがとうよ。おめえのおかげで、しゃきっとしたぜ」

「旦那」

「のぼせた頭で歩いていたら、辻強盗に斬られるのがおちだ。じゃあな、おしま」

勘兵衛は銭湯の外で銀次と別れ、新材木町のさきで早駕籠《かご》を拾った。

九

神楽坂上の「毘沙門《びしゃもん》さん」の門前で駕籠を降りたときには、すでに、辰《たつ》ノ刻をまわっていた。

朝方にもかかわらず、陽射しはかなり強い。

金魚鉢を手にした娘が擦《す》れちがいざま、会釈をしていった。

門前に連なる商家や茶屋の店先では、浴衣の娘が打ち水をする光景も見受けられる。

肴町は毘沙門堂の裏手にあり、藁店と称する裏長屋と接していた。貧乏役人と貧乏人が仲良く背中合わせに暮らすところで、表店には小商いの店や髪結床などが目立つ。

髪結床で尋ねてみると、占部の自宅はすぐにわかった。

露地をひとつはいった組長屋の奥だ。

さっそくおもむき、粗末な木戸を開けた。

「ごめん、どなたか、おられまいか」

玄関で尋ねてみると、勝手のほうから「はあい、ただいま」と、若い娘の声が返ってくる。

暁海にちがいない。

紅の襷《たすき》を解きながら、廊下を小走りに渡ってくる。

俯《うつむ》き加減にあらわれた娘は、右目の縁に痘痕があった。

「暁海どの、ですな」

「はい」

楚々《そそ》とした仕種のなかに、芯の強さを感じさせる。

痘痕を気にする素振りもみせず、堂々としている。

美しい娘ではないかと、勘兵衛はおもった。

「お父上はご在宅かな」

「いいえ、つい今し方、出掛けました」

「ふうむ、ひと足ちがいであったか」

「あの、失礼ですが、どちらさまで」

「これはすまぬ。拙者は長尾勘兵衛、南町奉行所の臨時廻りでしてな、お父上と懇意にしていただいております」

「さようでしたか。あの、本日はお約束がおありで」

父譲りの涼しげな眼差しをむけられ、勘兵衛は少したじろいだ。

「いえいえ、近くにまいったので、ちとご機嫌伺いに。先日、美味い鰻を馳走になりましてな、その御礼方々」

「鰻を」

「はい、一度目は旅鰻を馳走になり、二度目は小名木川で獲れた地鰻を」

「父はこのごろ、口癖のように旅鰻は不味《まず》いと申します。ことに、目白坂下で食した鰻は不味いと申して」

「その鰻を、ともに食べたのです」

「さようでしたか。でも、父は、長尾さまのことは何も……もっとも、お役目のことはいっさい口にしないのですよ」

暁海は淋しげに目を伏せ、長い睫毛《まつげ》を瞬かせた。

「わかってておあげなさい。家に帰ってまで役目のことは喋りたくないものです」

「はい。でも、このごろはいつも帰宅が遅いものですから」

「じつは今、お父上と交替で夜間の張りこみをつづけておりましてな、暮れ六つから子ノ刻頃まではお父上にお願いしているから、それで遅いのですよ。少しはご安心なされたか」

「はい」

「ついでに聞くが、昨夜のお帰りはいつごろで」

「明け方でした。もう、丑《うし》ノ刻を過ぎていたころだとおもいます。番町のほうを夜廻りしてきたたと、めずらしく漏らしておりました」

「番町のほうを」

勘兵衛はおもわず、片眉を吊りあげた。

「あの、どうかなされましたか」

「いいえ、別に」

暁海はどうやら、米倉左門が無惨な死を遂げた件は知らぬらしい。

破談にされた相手の家長が殺害された事実を知れば、驚愕《きょうがく》するにちがいない。

勘兵衛はどうしても、ひとこと言わずにはいられなかった。

「暁海どの、お父上を信じてあげなさい。何があっても、信じてあげなさい」

「は、はい」

「では、拙者はこれにて」

「わざわざ、お見えになられたのに、申し訳ござりません」

「何も、暁海どのが謝ることはない」

「あの、ひとつお聞きしても」

「何でしょう」

「わたくしの名、父にお聞きになられたのでしょうか」

「ええ、お父上は、あなたのことをいつも嬉しそうにおはなしなさる。拙者にも二十一の娘がおりましてね、娘をおもう父親の気持ちはようくわかります。たぶん、馬が合うのはそのせいでしょう」

暁海は黒目がちの瞳をきらきらさせ、何か言いたそうにした。

が、何も言わず、ただ、深々と頭《こうべ》を垂れる。

「ではまた」

背をむけると、かぼそい声で呼びとめられた。

「あの」

「ん、どうなされた」

「今後とも、父をよろしくお願いいたします」

そんなふうに頼まれ、戸惑ってしまう。

勘兵衛は黙って頷き、玄関を出た。

気持ちも足も重い。

どのような経緯があったかは知らぬ。ただ、占部が激情に駆られ、米倉左門の首を刎ねたかもしれないという疑念を否定はできない。もし、そうであったなら、暁海の沈痛は計り知れない。それをおもうと、気持ちがどうしても暗くなってくる。

神楽坂を下りはじめても、歩幅がさだまらない。

勘兵衛は筑土《つくど》八幡に詣でようとおもいたち、辻をひょいと左手に曲がった。

そこからさきは三年坂、転べば三年以内に死ぬという狭くて暗い下り坂がつづく。

木々の枝葉が日照を遮っている点では、清戸道に通じる日無坂をおもいおこさせた。

横町には黒板塀の茶屋も散見される。色街の一角でもあるせいか、朝方から行き交う人影はない。

勘兵衛は、ふと、足を止めた。

坂上から、大柄な浪人者が駆けおりてくる。

さっと道の脇に避けると、浪人者は脇目も振らずに通りすぎていった。

安堵《あんど》の息を吐き、ふたたび、坂を下りはじめる。

するとまた、坂上から、ふたりの浪人が降りてきた。

獲物をとらえた獣のように、ゆったりとした余裕を感じさせる足取りだ。

勘兵衛は足早に下りながら、脇道をさがした。

十間ばかりさきに、百日紅が植わっている。

百日紅の向こうに、右手に曲がる横道をみつけた。

息を詰め、脱兎のごとく駆けだす。

その途端、百日紅の木陰から、浪人者がゆらりとあらわれた。

さきほど、駆け足で坂を下った大柄な男だ。

無精髭を伸ばし、血走った双眸《そうぼう》をぎらつかせている。

端金で雇われた連中だろう。

相手が役人だろうと、構わずに斬りかかってくる。

頭にあるのは食うことと、女を抱くこと。どうせ、ひとはいつか死ぬ。ならば、いつ死んでも構うものか。その日一日を生きのびれば儲けものと、そんなふうにしか考えられない山狗どもだ。

「長尾勘兵衛だな」

大柄の男は低く発し、黒糸巻きの柄《つか》に手を掛けた。

勘兵衛は足を止め、背中の十手を引きぬく。

背後のふたりは、十間以内に迫っていた。

「山狗め、誰に雇われた」

「問答無用」

ずらりと抜かれた刀は無反りの三尺刀、身構える暇もなく、突きがきた。

「くっ」

これを躱《かわ》すや、首を狙って水平斬りがくる。

ぶんという刃音を聞きながら、咄嗟《とっさ》に首を縮めた。

刃風が過《よ》ぎり、小銀杏髷《こいちょうまげ》がふわっと浮く。

勘兵衛は低い姿勢のまま、相手の懐中に躍りこむ。

「そい」

朱房の十手を払い、鉄の先端で顎をとらえた。

「ぐぎっ」

男は瞬時に気を失い、膝が抜けたように頽《くずお》れてゆく。

勘兵衛は三尺刀を拾い、首を捻りかえしてみせた。

残りのふたりが足を止め、大刀を鞘走《さやばし》らせる。

さきほどまでの余裕はない。

「ふん、うぽっぽ同心め。ただの腰抜けではなさそうだな」

「今いちど聞く、誰に雇われた」

「知りたいか」

「ああ」

「ならば、冥土《めいど》の土産に教えてやろう」

勘兵衛は、ぐっと身を乗りだした。

間隙《かんげき》を衝き、ひとりが斬りかかってくる。

坂道の上に居るので、二階から斬りつけられる感じだ。

勘兵衛は退かずに踏みこんだ。

十手を口に銜《くわ》え、拾った刀を中段から突きあげた。

「のわっ」

相手は袖下を裂かれ、たたらを踏む。

すかさず、刃を薙《な》ぎはらう。

狙ったのは首筋だ。

刎ねたとおもった刹那、刀は峰に返された。

「ぬきょっ」

二人目が地べたに転がった。

残りはひとり、頰の痩《こ》けた男は青眼に構え、微動だにしない。

「どうした、掛かってこぬか」

「くそっ、はなしがちがう」

「どうちがう」

「長尾勘兵衛は、刀の使い方も知らぬ腰抜けと聞いた。首を獲るのは容易だと」

「誰がそう言った」

「死神だ」

「死神」

「ああ、顔も素姓も知らぬ。わしらは口入屋を通して雇われたにすぎぬ」

「どこの口入屋だ」

「音羽の鼠坂《ねずみざか》下に口入屋がある」

勘兵衛は頰を強張らせた。

音羽鼠坂下の口入屋を仕切るのは、岡っ引きの半五郎だ。

「後生だ、見逃してくれ」

頬の痩けた浪人は、すっと切先をさげた。

勘兵衛も力を抜き、刀を車《しゃ》にさげる。

「はおっ」

つぎの瞬間、浪人は刀を握りかえ、鋭く踏みこんできた。

勘兵衛は予期していたかのように、すっと腰を落とし、三尺刀を相手の顔面に投げつけた。

「何の」

浪人は斜《はす》に弾き、八相から袈裟《けさ》斬りを狙う。

が、遅い。

鉄十手の先端は、鳩尾《みぞおち》に深々と埋まっていた。

「くはっ」

三人目の男は血を吐き、顔から地に落ちてゆく。

勘兵衛はふうっと息を吐き、十手を背帯に差した。

三人の帯を解き、素速く手足を縛りつける。

あとは百日紅の木陰に身を寄せ、誰かが通るのを待つだけだ。

「ちっ、おしまの夢が当たりやがった」

傷を負わずに済んだものの、重苦しい気分からは逃れられない。
いったい、死神とは誰なのか。
なぜ、襲われねばならぬのか。
自分と瓜ふたつの男への疑念が芽生え、深まりつつある。
占部誠一郎は、瓜の捨て場所を知っていたにちがいない。
悪事の証拠を握っていたにもかかわらず、協力を求めた。
「なぜだ」
考えれば考えるほど、不信は増してゆく。
「まさか、死神とは、おぬしのことではあるまいな」
心底から、そうでないことを祈った。
暁海という娘を悲しませたくはない。

十

土用が終われば、立秋が訪れる。
あくまでも、それは暦上のことで、夏の暑さはおさまる気配を知らないかのようだ。

水無月の終わりは神社の鳥居に吊された茅《ち》の輪をくぐり、夏越《なごし》の祓《はら》いで締めくくる。晦日《みそか》の朝、勘兵衛は千住宿へやってきた。

おまきの所在がわかったのだ。

西新井大師のさきにある炎天寺に逃げこんでいるという。

勘兵衛の読みどおり、おまきは千住界隈に地縁があった。

六月村の農家に生まれ、十四のとき女衒《ぜげん》に売られたのだ。

六月村にむかうには、千住大橋を渡って掃部宿《かもんのしゅく》の手前で大師道か六阿弥陀道へはいる。あとは道沿いに西へすすめばよい。

炎天寺の開基は、今から八百年ほどまえに遡《さかのぼ》る。

名付け親は源義家、奥州征伐におもむく途中、義家率いる軍勢はこの地で野武士の集団と合戦におよんだ。炎天下を行軍してきた源氏軍の疲弊は著しく、絶対不利の状況下にあったものの、義家が京都の石清水八幡に必勝祈願したところ、辛くも勝利を得た。報謝として八幡神社を祀《まつ》り、幡勝山成就院《ばんしょうざんじょうじゅいん》炎天寺を建立したのである。盛夏の戦いの熾烈《しれつ》さを心に刻むべく、村の名もこのとき六月《ろくがつ》と付けた。

なるほど、やってきてみると、たしかに暑い。

日照草とも呼ぶ松葉牡丹《ぼたん》が地べたに根を張っていた。

周囲は一面の田圃《たんぼ》で、蛙《かわず》合戦が盛んにおこなわれている。

炎天寺の境内には、黄橙《きだいだい》の実をつけた木が植わっていた。

「枇杷《びわ》か」

汗みずくの銀次が、枇杷の木陰にぽつねんと立っている。

「どうした銀次、おまきは」

「旦那、面目ねえ。北町奉行所の連中に引っぱっていかれやした」

「なんだと」

「連中も、おまきの行方を捜していたんでさあ。瓢太殺しの疑いでやす。待ってくれ、下手人はほかにいると、夜鷹のはなしを伝えて食いさがりやしたが、あっしなんぞがいくら喚《わめ》いても、やつら、聞く耳をもたねえ」

「やってきたのは、占部誠一郎か」

「いいえ、藤田数之進とかいう若え定廻りでさあ。そういや、音羽の半五郎もいっしょでやした」

「なに、半五郎が」

「たぶん、占部さまの差し金でやしょう。こうなりゃ、旦那に直談判していただくしかねえ」

「よし、わかった」

去ろうとしたところへ、本堂のほうから、袈裟を纏《まと》った偉そうな僧侶があらわれた。

「待たれよ」

呼びとめられ、勘兵衛は怪訝《けげん》そうに会釈する。

「わしはこの寺の住職じゃ。おまえさまも江戸から見えられたのか」

「いかにも、臨時廻りの長尾勘兵衛でござる」

「臨時廻りと申せば、本来は豊かな見識を備え、人心の機微に通じておらねば就けぬお役目にござろう。身を捨てて世の人に奉仕する。そうした尊い心をもったお役人をみつけるのが、昨今はまことに難しい」

「仰せのとおりだが、何かご用でも」

少々焦れたようにこぼすと、住職は溜息を吐いた。

「物事とはうまくゆかぬものじゃ。飄太は可哀相なことをしたのう」

「ご住職、飄太をご存じなのか」

「洟垂れの時分から、よう存じておる。賢い子じゃったが、家が貧しすぎてのう、手習いにも通わせられなんだ。わしが字だけは教えたがのう、十六で双親《ふたおや》を亡くしてからは寄りつかんようになったわい」

性格の荒れた飄太は悪い仲間に誘われ、千住宿を仕切る地廻りの使い走りとなり、仕舞いには色街をうろつきまわる付け馬に落ちた。

「飄太とおまきは幼なじみでな、この寺でよう遊んでおった。ふたりは本物の兄妹のように育ってなあ、切っても切れぬ仲じゃった。おまきが女衒に売られたとき、飄太は狂ったようになってのう、ちょうど双親を亡くしたころじゃ。出刃《でば》を握って、おまきの実家に怒鳴りこんでいったのよ。幸い、大事にはいたらなかったが、飄太は村八分にされた。可哀相に、ふたりは大人どもの都合で離れ離れにさせられたのじゃ」

　ふたりがたどった経緯について、住職は何ひとつ知らなかった。

　気には掛けていたものの、連絡《つなぎ》を取る術もない。そうしたなか、つい先日、おまきがひょっこり訪ねてきた。女衒に売られて以来のことだ。多くは語らなかったが、これまでの苦労は偲《しの》ばれた。

「銀次どのに、おまきが身重のからだで大八車に突っこんだと聞かされた。石を飲んだはなしも聞いた。おまきはひとことも漏らさなんだがのう、おそらく、すべては飄太に言われてやったことじゃろう。おまきは飄太に命じられれば、何だってやる。どんなに辛いことも、理不尽なことも、苦にせずやる。小さいころから、そうじゃった。ゆえにな、おまきが飄太を殺めるはずはないのじゃ」

「ご住職、そこまでわかっておいでなら、どうして、おまきを役人に引きわたしてしまわれたのだ」

「みずから、捕らわれたいと申したのよ。白洲で堂々と身の潔白を晴らしたいとな、殊勝にも訴えたのじゃ。ああみえて、おまきは芯の強い娘、止めることはできぬ」

甘いなと、勘兵衛はおもった。

殺しの嫌疑を掛けられた者が白洲で潔白を証明する。そのことがいかに難しいかを、住職はわかっていない。

「旦那、おまきが不憫《ふびん》でなりやせん」

銀次が涙目で訴えてくる。

「救ってやりやしょう」

「ふむ」

勘兵衛はじっくり頷いた。

「待たれよ、長尾勘兵衛どのと申されたな」

「いかにも」

「貴殿には、おまきのことばを伝えておいたほうがよさそうじゃ」

「何か、言い残していきましたか」

「涙ながらに、下手人の目星らしきことを漏らしておった。飄太は死神に殺られたのだとな」

「また死神か」

「いまひとつある。死神の命に従えば、すべての罪は免れると、そう申しておったわい」

「死神の命に従えば、すべての罪は免れる」

その台詞を、勘兵衛は反芻《はんすう》した。

意味深長な内容だ。ひょっとすると、おまきは死神の正体に勘づいていたのかもしれない。八丁堀から去ったのも、そのことと関係しているような気がした。飄太以外には誰も信じることができなかったのだろう。

勘兵衛は住職に礼を述べ、焼けつく参道を戻りはじめた。

日本橋までは片道二里半の道程だ。

「銀次、急ぐぞ」

「へい」

この暑さで強行軍をおこなえば、途中で倒れるかもしれない。

それでも、一刻も早く、江戸に帰りつきたかった。

今日中に占部と会わねばならぬ。

対峙《たいじ》し、白黒をつけねばならぬ。

その一念が、勘兵衛の背中を押した。

十一

夕刻、勘兵衛と銀次は埃まみれの姿で南茅場町の大番屋まで戻ってきた。

南北町奉行所を問わず、大概のことは大番屋に来ればわかる。だが、藤田数之進以下の捕り方が飄太殺しの下手人を引っぱってきたというはなしは毛ほどもなく、占部誠一郎の所在を知る者もいなかった。とりもなおさず、おまきの身柄は隠密裡《り》にどこかへ運ばれたものと推察された。

「音羽だな」

勘兵衛と銀次の意見は、ぴたり一致した。

半五郎が屯《たむろ》する自身番は、護国寺《ごこくじ》門前の西青柳町にある。

江戸の町屋の地番は通常、千代田城に近いほうから一丁目、二丁目とあがってゆくのだが、音羽町の地番だけは桂昌院《けいしょういん》（五代将軍綱吉の生母）の菩提寺でもある護国寺に近いほうから一丁目、二丁目と数を増やし、神田川手前の九丁目にいたるまで、太い門前大路が一直線につづく。

ふたりは夕暮れの買い物客で賑わう大路を抜け、西青柳町の自身番までやってきた。

玉砂利を踏んで内へ踏みこんだ途端、ふっと喋りが途絶えた。

「あ、長尾さま、いらっしゃい」

半五郎である。話し相手の若い同心は、藤田数之進だ。

ふたりとも湯呑みを手にしたまま、顔をひきつらせている。

「邪魔するぜ」

勘兵衛はのっそり近づき、上がり框《かまち》に腰掛けた。

相手をびびらせる態度だ。ふだんの温厚さは影をひそめ、怒りの火の玉が弾ける寸前で燻《くすぶ》っている。

土間に控える銀次でさえ、震えを禁じ得ない。

長尾勘兵衛の真の怖さを承知しているからだ。

張りつめた沈黙を破り、半五郎が口を開いた。

「旦那、今日は何の御用です」

「ふん、何の用かだと。とぼけるんじゃねえ」

「とぼけてなんぞおりやせんよ」

「おれは駆け引きは嫌えだ。おまきを貰いにきた」

「なんですって」

尻を浮かす半五郎を制し、藤田が生意気な口を利く。

「おまきの一件は北町で処分します。口出しはお控えください」

「ふはは」

唐突に勘兵衛は嗤《わら》いだし、すっと真顔に戻った。

「口出しは控えろか。おめえ、廻り方をやって何年になる」

「三年目ですが」

「三年目、そうかい。おれは定廻りを三十年やった。そのあとが今の臨時廻りだ。おれがひよっこのときゃ、足のまめが潰れても暗くなるまで歩きとおしたもんだぜ。なあ、若僧、自身番で茶なぞ飲んでいる暇があったら、小悪党のひとりでも捕まえてこいや」

藤田は俯き、口惜しそうに唇を嚙む。

「若僧、おめえは事情を何ひとつわかっちゃいねえ。上から言いつけられたことを無難にこなせば、役人が務まるとでもおもったか。冗談じゃねえ。自分から動け、骨惜しみするな、必死に頭を使え。そして、自分は正義を貫く番人だってことを忘れるな。そいつを忘れたら、おめえは終わりだ。悪党どもの餌食になる。毒を飲まされ、灰にも黒にも、どんな色にだって染まっちまう。並大抵の努力じゃ、いちど染まった布をまっさらに戻すことはできねえぞ。な、わかったら見廻りに行ってこい。ほら、とっとと行け」

藤田は目を真っ赤にし、返事もせずに自身番を飛びだした。

勘兵衛は首をこきっと鳴らし、半五郎を睨みつける。

「さあて、つぎはおめえの番だ。半五郎、おめえは若僧のようなわけにゃいかねえ。なにしろ、海千山千の親分さんだかんな」

「旦那、堪忍してくだせえよ。あっしだって、頼まれてやったことなんだ」

「誰に頼まれた」

「ご存じなんでしょ」

「占部誠一郎だな」

「へへ、あのお方にゃ、人を惹《ひ》きつける魅力がある」

「そんなはなしを信じるとおもうか。おめえは信義や侠気《きょうき》で動くような男じゃねえ。金だろ、うめえはなしを囁かれたんだろ」

「ふん、見くびってもらっちゃ困る」

「ほ、そうかい。だったら、知ってることをぜんぶ喋りな。正直に喋ってくれりゃ、わるいようにゃしねえ」

「喋らねえときは、どうなさるおつもりで」

「この場で引っくくってやらあ」

「できやすかい。ここはあっしの縄張りですぜ」

「半五郎よ、自分の力を過信するんじゃねえぞ。おめえの代わりなんざ、いくらでもいるんだ。いっぺん縄を掛けられたら、おめえは仕舞えなんだよ。牢問いや拷問の辛さは、よくわかっているはずだ。おれは真実が知りてえだけさ。なにも、おめえのしょぼくれたからだを痛めつけてえわけじゃねえんだ」

「くそったれ」

「よし、喋ってみろ」

「お察しのとおり、あのお方に頼まれたんだ。半端者を使って、鳴子屋に難癖を付けさせるとな。鳴子屋の悪事を暴くためにゃ、まずは突破口を開かなきゃならねえ。だから、やるんだって説明され、おれは鵜呑みにした」

「それで、飄太に目星をつけたのか」

「飄太は情婦のおまきを使い、数年前から鼠坂の切店でつつもたせまがいの悪事をはたらいていた。調べてみると、都合のいいことに、鳴子屋市兵衛が餌食になっていやがった。どっこい、鳴子屋のほうが悪事に掛けちゃ、一枚も二枚も上手だ」

市兵衛はおまきを請けだし、目白坂下の店で半年余りも働かせた。ところが、子を孕んだことがわかった途端、裸同然で厄介払いにした。

「こいつは使える。そう踏んで、あっしは飄太に近づいたんでさあ。はなしを聞いてみたら、やつはいちど鳴子屋に強請を掛け、しくじっていやがった」

市兵衛に「売女《ばいた》のヒモめ」と鼻であしらわれたことを、飄太は恨みにおもっていた。

どうにかしてやろうと画策しているところへ、渡りに船と半五郎が誘いかけた。

「事が上手く運んだら、これまでの罪はぜんぶ水に流してやる。そう約束したら、野郎は目の色を変えた。ただし、証拠をみせてくれと、生意気にも言いやがる。そこで、あのお方に引きあわせることにした」

引きあわせた場所が向こう両国の垢離場だったと聞き、勘兵衛は眉を顰《ひそ》めた。

「あのお方は覆面をかぶり、飄太のまえにあらわれた。みずからを死神と名乗ったのさ。鳴子屋市兵衛の悪事を暴くために、ひと肌脱いでほしい。しかも、報酬まで付けると言い添えたところ、飄太は一も二もなく納得した」

「ふうむ」

勘兵衛は「死神の命に従えば、すべての罪は免れる」という住職の台詞をおもいだした。

「大八車におまきを突っこませるという案は、飄太のやつが考えついたんだ。なるほど、葵紋の大八車が妊婦を轢いたとなりゃ、おいそれとお上に届け出はできねえ。鳴子屋も内々で済ましてえはずだ。そこを衝けば、強請は上首尾に運ぶ。それに、飄太はおまきが孕んだ子もだめにしたかった。一石二鳥を狙ったわけさ」

事は思惑どおりにすすみ、飄太は鳴子屋から小金をせしめた。

ただ、そのことが鳴子屋の悪事を暴くこととどう結びつくのか、勘兵衛には今ひとつわからない。そのあと、おまきが石を飲まされた理由も判然としなかった。

「おれにも、あのお方の真意はよくわからねえ」

「なんだと」

「飄太は垢離場で殺られた。報酬を貰いにいって殺られたにちげえねえ。もちろん、下手人の目星はついた。でも、証拠はねえ。すべては鳴子屋の悪事を暴くためだと、おれは聞かされていた。嘘じゃねえ、金が欲しかったわけでもねえ。おれはあのお方に借りがあった。若えころ、喧嘩でひとを傷つけ、島送りにされたんだ。あのお方は女房の面倒をみてくれた。五年もだぜ、生半可な気持ちじゃできねえこった。女房は五年目に肺を病んで逝っちまったが、葬式まで出してくれてなあ。恩赦で島から帰えってきたときも、あのお方は万年橋の桟橋まで出迎えに来てくれた。おれは涙が出るほど嬉しかった。あのお方の仰ることなら何だってする。そう、胸に誓ったんだよ」

「ふん、泣かせるはなしじゃねえか」

「旦那、信じてくだせえよ」

「信じてえのは山々だ。がよ、おめえはひとつ墓穴を掘った。何だとおもう。おれの命を奪えなかったことさ。おめえは死神の指図で山狗どもを雇い、三年坂でおれを狙わせた。そいつだけは言い逃れできめえ」

「ちくしょう」

半五郎は片膝立ちになり、十手を振りあげた。

勘兵衛は巧みに右腕を搦《から》めとり、板間に組みしいてみせる。

「銀次、戸を閉めろい」

「へい」

ぴしゃっと、戸が閉まった。

半五郎の右手首を捻りあげ、素速く早縄を掛けて後ろ手に縛る。

縛ったからだを土間に引きずりたおし、勘兵衛は裾を割って屈みこんだ。

「半五郎、言いてえことがあったら言ってみな」

「だ、旦那を殺めていたら……お、おれはいまごろ、後悔していたかもしれねえな」

「殊勝なことを言いやがる」

「う、嘘じゃねえ。旦那は、びっくりするほど強かった……あ、あのお方は、旦那のことを好いていた。自分と同じで、うだつのあがらねえ木っ端役人だが、気持ちの良い男だと仰ってた……お、おれにゃ今もわからねえ。どうして、あのお方が旦那の命を狙ったのか……わ、わからねえんですよ」

半五郎の目は嘘を吐いていない。

勘兵衛は、ほっと肩の力を抜いた。

「最後に肝心なことを聞こう。おまきはどこだ」

「あのお方に、渡しちまいやしたよ」

「どうする気だ」

「さあ、あっしは言われたとおりにしただけだ」

「行く先の当ては」

「ひょっとしたら、佃島かもしれねえ」

「なに」

「住吉明神の門前に、瓢屋《ひさごや》っていう茶屋がある。急用があったら、そこで連絡を取るように言われた」

「半五郎、もういっぺん聞くが、おめえは鳴子屋の悪事についちゃ何にも知らねえのか」

「囲い荷だろうってことは推量できやす。それ以上のことは、わからねえ」

「だったら、人足寄場の役人どもが悪事に加担しているのも知らんのだな」

「げっ。そ、そうなんですかい」

「ああ、佃島の岩場に半町四方の窪地があってな、そこに腐った瓜が山積みにされているのさ」

「そいつは一大事だ」

「おめえ、協力する気があんのか」

「え」

勘兵衛は小刀を抜きながら近寄り、ぶつっと縄を切ってやった。

「だ、旦那、あっしはいってえ何をすれば」

「おれと銀次が寅《とら》の一点まで戻らねえときは、南町奉行所に駆けこんでもらう。吟味方与力の門倉角左衛門《かどくらかくざえもん》さまに、おれの名で捕り方の応援を要請してくれ」

「吟味方の門倉さまでやすね」

「ああ、そうだ。説明を求められても、余計なことは喋るな。鳴子屋に関わる囲い荷の一件とだけ伝えろ」

「承知しやした」

「よし、握り飯を握ってくれ」

「はあ」

「ちと腹が減った」

呆気にとられる半五郎を尻目に、勘兵衛は草履を脱いだ。

十二

今宵は晦日で月はない。

日が落ちて一刻ほど経ったあとも、佃島の住吉明神では茅の輪くぐりを待つ行列がつづいていた。

門前の瓢屋は堂々とした楼閣風の建物だ。

華やかな酒宴がいくつも催され、軒先では振るまい酒までおこなわれている。

三味線の音色や芸妓たちの嬌声《きょうせい》を聞きながら、勘兵衛はほっと溜息を吐いた。

「銀次、そういや、茅の輪をくぐってねえな」

「あっしも、さっきから気になっちまって」

「茅の輪をくぐるめえに、でけえ厄払いをしなくちゃな」

「へい。でも、旦那は気が重いんじゃ」

「重いな、たしかに」

「占部さまは、けっして悪いおひとじゃねえ。あっしは、そうおもっておりやしたがね」

「おれだってそうさ。やつは北町のうぽっぽ、瓜ふたつとまで言われたが、わりい気はしなかった。やつの人徳がそうおもわせたのさ」

「何が、あのお方を狂わせたんですかねえ」

「さあな」

首を捻りつつも、勘兵衛にはわかるような気がした。

娘のためだ。愛娘を嫁がせるためには、持参金がいる。嫁がせるだけではない。相手に一片の文句も言わせぬためには、高額な持参金が必要なのだ。が、三十俵二人扶持という同心の薄給ではどうにもならぬ。まとまった金を稼ぐために、占部は十手持ちの魂を売らねばならなかった。

「やつは鳴子屋の悪事を嗅ぎつけ、裁くのではなく、ふんだくろうと考えた」

無論、ふんだくるには策がいる。見返りを要求されるにちがいない。

鳴子屋に関わる厄介事を解決すれば金になると、占部は考えた。

「旦那、大八車の件がそうだと仰るんですかい。わざわざ厄介事をつくるために、手の込んだまねをしたと」

「大八車の一件を大っぴらにしない。そう確約するだけでも、けっこうな金になったはずだ。が、足りなかった。やつはもっと大きな厄介事をつくりだそうと考えた。飄太を焚《た》きつけ、おまきに石を飲ませたのは、そのための布石さ」

「そのためってのは、何です」

「ある男を罠にはめるためだ」

「ある男、もしや」

「そう、おれだよ。目白坂下で旅鰻でも食いながら、考えついたんだろう」

「旦那が囲い荷の一件に食いつけば、なるほど、鳴子屋にとってみりゃ頭痛の種になる。それどころか、致命傷にもなりかねねえ」

「占部は鳴子屋に会い、邪魔なやつらはぜんぶ消してやるともちかけた。手はじめに、飄太を殺ったのだ」

「ひでえはなしだな」

「ひとたび一線を越えちまったら、歯止めが利かなくなる。それが道を踏みちがえるということだ」

「例の米倉左門殺し、やっぱし、あれも占部さまの仕業ですかね」

「縁談を破棄されただけじゃ、首までは刎ねねえとおもうがな。よっぽど、癇《かん》にさわる仕打ちを受けたんだろうさ」

「鳴子屋から金をせしめ、また新しい縁談相手でも探すつもりなんでしょうかね」

「さあ、そこまで冷静に考えているかどうか」

悪の迷路をさまよい、出口がみつけられなくなったのではあるまいか。

「哀れな男さ」

「あっ、旦那、あれを」

楼閣の入口に、黒い絽羽織を纏った侍がふたりあらわれた。

「ひとりは与力の須藤式部、もうひとりは同心の佐々木次郎八ですね」

「そして、宴席の主催は鳴子屋市兵衛、悪党三匹の揃い踏みってやつだな」

「占部さまは顔を出しやすかね」

「わからぬ」

「おまきは生きておりやしょうか」

「占部に一片の良心がのこっておれば、生かしておるだろう。そこに賭けるしかないな」

ふたりはさらに一刻ほど待ったが、占部はあらわれなかった。

亥《い》ノ刻を過ぎると、人々は潮が退いたように消えさり、暗闇に聳える楼閣の灯りだけが煌々《こうこう》と輝いている。宴もたけなわを過ぎて三味線の音色はしなくなったが、酔客の怒声や妓《おんな》たちの嬌声は聞こえていた。

やがて、門前に空の法仙寺駕籠が三挺もやってきた。

入口が賑やかになり、鳴子屋につづいて、須藤と佐々木があらわれる。

須藤は赤い振り袖を着た芸妓の肩を抱き、好い加減に酔っている。

佐々木も足許がおぼつかない。

鳴子屋市兵衛だけは盛んに笑いを振りまきつつも、足取りはしゃんとしていた。

堂々とした物腰の女将があらわれ、ひとりひとりに挨拶《あいさつ》してゆく。

「それじゃ、駕籠屋さん、頼みましたよ」

鳴子屋の手代が提灯を点け、これを水先案内に駕籠が走りだした。

「追うぞ、銀次」

「合点で」

駕籠は三挺連なり、東へむかった。

手代の提げる灯火のそばで、大きな蛾《が》が狂ったように舞っている。

小半刻ほど夜道をすすみ、人っ子独りいない道のまんなかで止まった。

どうやら、ここからは駕籠を降り、歩きでゆくらしい。

少し間合いをあけ、待機する駕籠の脇を擦りぬけた。

担ぎ手たちは振りむきもせず、屈んで煙管《キセル》を燻《くゆ》らせている。

勘兵衛と銀次は構わずに、先行する提灯の光を追った。

夜空には星がちりばめられている。

潮騒が聞こえていた。

岩場は近い。

もはや、行き先はわかった。

例の窪地だ。

なぜ、三人が雁首を揃えて向かうのかがわからない。

ただ、そこに行けば、占部に会えるような気がした。

「旦那、あすこに光が」

「ん、龕灯だな」

「ひょっとしたら、あれは」

「ふむ、やつだ。やつが三人を呼んだのかもしれん」

決着をつけねばならぬ瞬間が近づいている。

それを考えると、胸苦しくなってきた。

勘兵衛は、犬のように鼻をひくつかせた。

風下に立っても、物の腐った臭いはしてこない。

「さては、埋めたな」

「証拠をですかい」

「ああ」

案ずることはない。掘りかえせばよいだけのはなしだ。

ふたりは龕灯の光をめざし、ゆっくりさきへすすんだ。

「何をする」

「占部さま、おやめなされ」

複数の声が交錯し、龕灯が宙へ抛りなげられた。

遠くで蒼白い白刃が一閃し、刃風が唸りあげる。

「ぎゃっ」

誰かが斬られた。

「ひぇええええ」

その瞬間、帛《きぬ》を裂くような女の悲鳴が聞こえた。

「銀次、おまきだぞ」

「へい」

ふたりは、脱兎のごとく駆けだした。

「ま、待て。待たぬか、占部……ぬぐっ」

またしても、誰かが串刺しにされた。

夜目の利く勘兵衛にはみえる。

串刺しにされたのは、与力の須藤であった。

最初に斬られたのは、佐々木にちがいない。

「うひゃっ」

またひとつ、こんどは提灯持ちの手代が袈裟懸けに斬られた。

占部は夥しい返り血を浴び、血達磨《ちだるま》の恰好で仁王立ちしている。

ひとり残った鳴子屋市兵衛が地べたを這いつくばり、こちらにむかってきた。

「占部さま」

銀次が叫んだ。

占部は顎を突きだし、怪訝な顔をしてみせる。

「お、おた……おたすけを」

鳴子屋は汗みずくになり、必死に這っている。

「逃がすか」

占部は蛙のように跳ね、鳴子屋の背中に刃を突きたてた。

「うぎゃっ……や、やめてくれ」

声はしぼみ、市兵衛はこときれた。

占部の十間ばかり後方に、おまきが蹲っている。

恐怖に震え、声も出せない様子だった。

「来たか、長尾勘兵衛」

鬼神と化した占部は、鳴子屋の屍骸を踏みこえた。

刀をぶらさげ、のっそりと近づいてくる。

「おめえ、どうしちまったんだよ」

悲しげに声を掛けると、占部は足を止めた。

「米倉左門のやつは約定を破った。あと二百両、持参金を上乗せすれば、縁談をすすめてもいいと言ったのだ。あやつ、その約定を破った。用立てた金を携えてゆくと、まさか、用意できるとはおもってもいなかったとほざき、ほかに縁談をきめてしまったと抜かしたのだ。相手は出戻りだが、与力の娘だ。昼行灯《あんどん》の痘痕娘と与力の娘を天秤に掛けたら、どっちを選ぶかはきまっておろう。あやつはそうやって居直った。気づいたら、わしはあやつの首を刎ねておった……うう、くそっ、あれほどの屈辱はない」

「だからというて、ひとを斬ってよいのか」

「わからぬ。なぜ、米倉を斬ってしまったのか、正直、わしにもわからぬ」

「飄太も斬ったな」

「斬った。金のためだ。わしはどうしても金が欲しかった」

「なのに、今こうして金蔓《かねづる》を斬った、なぜだ」

「こやつら、ひとを殺める者の痛みを知らぬ。平然と悪事をおこなう者の末路がどうなるか、知らしめてやりたかったのよ……くそっ、暁海が不憫でならぬ。わしが守ってやらねば、守ってやる者は誰もおらぬのに」

「おまきを、なぜ生かした」

「暁海に似ておった。他人がみれば似ておらぬかもしれぬ。が、わしの日には、ふたりが瓜ふたつにみえてな、殺めることができなんだ」

「で、どうする気だ」

「わしは生きたい。暁海をのこしては死ねぬ」

「そうか、ならば、わしと勝負せねばならぬな」

「おぬしと……なぜ」

「なぜか、それもわからぬようになったか」

「たしかに、おぬしの命を狙わせた。が、おぬしを殺めたくはなかったのだ」

占部は相剋《そうこく》する気持ちと闘い、疲れはて、正気を失ってしまったのだろうか。

勘兵衛は、静かに刀を抜いた。

「わるいが、おぬしを見逃すことはできぬ」

「そうか、やはりな。ここに誰かが来るとすれば、おぬしのような気がしておった」

占部は刀を青眼に構え、腰をぐっと落とした。

勘兵衛も相青眼に構え、丹田に力を込める。

銀次は一歩後じさり、生唾を飲みこんだ。

そのときである。

占部が両膝を地に落とした。

刀を逆しまに構えるや、下腹に猛然と突きたてる。

「ふおっ」

血飛沫《ちしぶき》が噴いた。

驚く勘兵衛にむかい、占部は顔をゆがめてみせる。

「め、迷惑を掛けたな、長尾……か、勘兵衛」

「おい」

駆けよっても、手当てのしようはない。

鋭利な切先が、背中から突きでていた。

占部は平伏《ひれふ》すように、息絶えてしまった。

それからしばらくして、佃島は夜明けを迎えた。

せめて、暁の海をみせてやりたかったと、勘兵衛はおもった。

海原は一面、曙光に煌めいている。

「旦那、あれを」

銀次が指差す方角に、船影がいくつもみえた。

船首に「御用」の幟《のぼり》を立てた十人乗りの鯨舟だ。

「来やがった」

「そうだな」

「どうしやす」

銀次に問われ、勘兵衛はかたわらに蹲るおまきをみた。

ようやく、落ちつきを取りもどしてくれたようだった。

鳶色の薄い瞳が、憐れみを請うているようにもみえる。

「死神を、赦してもよいのか」

勘兵衛が聞くと、おまきはこっくり頷いた。

それなら、鳴子屋の一件は占部の手柄にしてやろう。

暁に染まる海原を眺めながら、勘兵衛はそうおもった。

病み蛍

一

水死体のかたわらには、白い月見草が咲いていた。

まるで、死者に手向けられた灯明《とうみょう》のようでもある。

やがて、闇のなかに点々と、胞子が舞いはじめた。

いや、眸子《まなこ》を凝らせば、それは蛍にほかならない。

夏の終わりに蛍がよろよろと飛ぶさまは物悲しく、人の命の儚《はかな》さを暗示しているかのようだ。

勘兵衛は格子縞の裾《すそ》を割って屈《かが》み、濡《ぬ》れた莚《むしろ》を捲《めく》りあげた。

「銀次、若え女だな」

「へい」

ほつれた島田髪に笹色紅《ささいろべに》、首筋の白粉《おしろい》は剝《は》げて襟《えり》を汚し、墨羽織の裾には山梔子《くちなし》の柄が浮かんでいる。

「死人に山梔子ってか。柳橋あたりの芸妓でやしょうかね」

「そんなところだな」

ここは浅草橋に近い思川《おもいがわ》の汀《みぎわ》、粋好みの通人が遊ぶ大川端の柳橋は目と鼻のさきだ。なるほど、容姿から推せば、遊興の座を彩る芸妓と考えるのが順当なところだろう。

遺体は俯《うつぶ》せのまま、浅瀬に浮かんでいた。

藻にからんで揺らめいているのを、釣り人がみつけたのだ。

髪も着物も乱れており、上流から流れてきたとも考えられる。

銀次が何気なく遺体の頭に手をやると、ずるっと髪が剝がれた。

「うひゃっ」

「どうした」

銀次の手に残ったのは、ひと房の黒髪である。

「驚くことはねえ、そいつはかもじだ」

「いやあ、びっくりした。頭の皮がずるむけちまったのかとおもいやしたぜ」

粋筋の女が髪にかもじを付けるのは、めずらしいことではない。

銀次は気を取りなおし、遺体を隈《くま》無く調べていった。

「金瘡《きんそう》は見当たりやせんね」

扼殺《やくさつ》された痕跡もなく、皮膚の表面には水死であることを物語る斑点が浮かんでいる。

「入水《じゅすい》かもな」

「この手の娘にゃよくあるこってす。入水なら、この一件は仕舞えでやすね」

「そうだな。身許が割れたら置屋《おきや》に告げ、ほとけを手厚く葬らせりゃいい」

「承知しやした」

「鯉四郎は」

「そういや、どこに行っちまったんだろう」

勘兵衛が秘《ひそ》かに目を掛けている定廻りの末吉鯉四郎は、上流を調べにいったきり戻ってこない。

「しょうがねえな」

溜息《ためいき》を吐《つ》いた途端、間抜けな鳴き声が耳に飛びこんできた。

「明け烏《がらす》か」

見上げれば、東の空が白々と明け初めている。

跫音《あしおと》がひとつ、遠くのほうから駆けよせてきた。

「旦那、鯉さまですよ」

「血相を変えておるぞ」

「ほんとだ、何かみつけたな」

六尺豊かな偉丈夫は額に玉の汗を掻《か》き、息を弾ませながらやってくる。

「長尾さま、みつけました」

「女物の下駄でもみつけたか」

「いいえ、これです」

握った拳をひらいた途端、ひとひらの花弁が宙に舞った。

「あ」

勘兵衛の足許に落ちてくる。

拾ってみると、月見草の花弁だった。

「ご覧ください、花弁に黒い染《し》みが」

「あるな、これは血だ」

汀に咲く月見草は花弁を閉じかけている。

「咲いているうちに、よくみつけたな。手柄だぞ」

「ご案内いたします」

「ふむ」

その場所は一町ほど上流に遡《さかのぼ》ったあたりで、鯉四郎は目印に棒切れを立てていた。叢生《そうせい》する月見草を調べてみると、幾枚かの花弁に赤黒い染みが付着している。

とりもなおさず、それは夥《おびただ》しい血が飛び散ったことを物語っていた。

「ここにも争った跡がありやすぜ」

銀次の手招きするほうに足を向けると、泥土が穿《うが》れたようになっている。

「誰かと争い、顔を水に押しつけられたにちげえねえ」

溺死《できし》させられたあげく、川に流されたというわけだ。

「するってえと、その血は争った相手のものになりやすね」

「ま、そうなるな」

女は必死に抵抗し、相手に手傷を負わせたのだ。

「それなら、得物があるはずです」

鯉四郎はぎょろ目を剝く。

「女がいざというときに使う得物か。よし、そいつを探せ」

二人は這いつくばり、地面に鼻を擦りつけるほど探しまわった。

すると、浅瀬に植わった葭《よし》の狭間で何かがきらりと光った。

「あれだ」

勘兵衛は踝《くるぶし》まで水に浸かり、飾りのない銀簪《かんざし》を拾いあげる。

簪の先端を朝日に翳《かざ》すと、血痕らしきものが見受けられた。

「こいつで刺したな」

「最後の抵抗ってやつか」

銀次が乾いた唇を舐《な》める。

刺されたのは肩か腕か、いずれにしろ、かなりの傷を負ったにちがいない。

鯉四郎が身を乗りだした。

「下手人は顔見知りでしょうか」

「たぶんな」

女が殺《や》られたのは月見草が咲いているあいだ。となれば、川の周囲はかなり暗かったはずだ。

「親しい相手でもなければ、こんな物寂しいところまで、のこのこ従《つ》いてくるはずはあるまい」

「なるほど」

「ともかく、女の身許を洗ってみよう」

「はい」

鯉四郎と銀次は駆けだした。

曙光《しょこう》が川面を煌《きら》めかせ、江戸の町をくっきりと浮かびたたせている。

川風はじつに爽快《そうかい》だった。

検屍に立ちあうのでなければ、これほど気持ちの良い朝もない。

勘兵衛は銀簪を川で洗い、手拭《てぬぐ》いにくるんで懐中《ふところ》に納めた。

二

浅草橋の北詰めから取ってかえし、蔵前にむかって歩きはじめた。

七夕の朝、江戸の町屋は一斉に活気づく。

そこいらじゅうで井戸替えがおこなわれるからだ。

「やれ引け、それ引け」

蔵前に近い天王町の閻魔《えんま》長屋でも、威勢の良い掛け声に合わせ、長屋総出で綱引きをやっている。

「あ、うぽっぽの旦那」

人懐こそうな顔で手招きするのは、大家の善次郎《ぜんじろう》だった。

面倒事の相談に乗ってやったことがあるので、気心は知れていた。

「麦湯を振るまっておりやすから、旦那もどうぞ」

「よし、少し覗《のぞ》かせてもらうかな」

井戸替えは年末の大掃除といっしょで、手抜きができない。綱のさきに結びつけた大桶《おおおけ》で井戸水を七分方汲みだし、そのあとは命綱を胸に結んだ井戸職が潜って井側を洗う。そののち、残った水をすべて汲みだして底を洗い、櫛笄《くしこうがい》や簪などの戦利品を拾いあつめ、仕上げに御神酒《おみき》と浄め塩を供えるのだ。

善次郎の長屋が閻魔長屋と呼ばれる所以《ゆえん》は、南隣の華徳院《けとくいん》に閻魔像が安置されているからだった。高さ一丈六尺の座像は運慶《うんけい》作とも伝えられ、藪入《やぶい》りの斎日《さいにち》しか開帳されない。

「やれ引け、それ引け、もっと腰を入れろ」

勘兵衛は麦湯の相伴《しょうばん》にあずかりながら、聞き覚えのある掛け声に耳をかたむけた。

「やっぱり、とっつあんか」

木遣り名人でもある源七の声だ。

路地の奥まですすむと、褌《ふんどし》一丁の男たちが一列に並んで綱を引いていた。綱の長さは十数間《けん》、それが井戸の深さとおもえばいい。水といっしょに浚《さら》われた泥は緑がかっており、総後架《そうこうか》の脇に捨てられる。

「なにせ、一年分だ。泥の小山ができあがるってなもんさ」

小山のまわりでは、洟垂《はなた》れどもが遊んでいた。

すでに七分方の水は汲みだされ、これから井戸職が潜りこむところだ。

井戸替えは祭りのようなものなので、老人や女子どもは応援見物に繰りだしている。

見物人のなかに、勘兵衛は知った娘の顔をみつけた。

いや、もう娘ではない。青っ洟を垂らした幼子を負ぶっている。

「おきみ」

「あ、うぽっぽの旦那」

「息災か」

「はい」

「坊はいくつになった」

「四つです」

「そうか、早いものだな。わしがみた坊は生まれたてのほやほや、湯気が出ておったぞ」

「おかげさまで何とか、ここまで無事に育ちました」

「よかったなあ。源七のとっつあんも初孫ができ、楽しみがあるってもんだ。ふふ、表通りを歩いていたら、とっつあんの艶《つや》のある掛け声が聞こえてな、久しぶりに顔をみたくなったというわけさ」

「はりきりすぎないように伝えてあるんですが、あのとおり、言うことを聞いてくれません」

「どれ」

鬼瓦《おにがわら》のような顔をした老人が、褌一丁の男たちを煽《あお》っている。

白髪はめだつものの、固太りのからだは引きしまり、還暦を越えた老人にはみえない。誰の目にもあきらかなとおり、源七の掛け声は井戸替えの手助けになっていた。

「あいかわらず、何をやるにも一所懸命だぜ」

そのむかしは、鬼源と呼ばれた名岡っ引きだった。隠居したあとも、気力が衰えた様子は微塵《みじん》もなさそうだ。

「それもこれも、この子が生まれてくれたおかげなんです。それまでは蟬《せみ》の脱け殻みたいになっちまって、旦那にもご心配をお掛けいたしました」

七年前、源七は七里《しちり》の伊左三《いさぞう》という盗人に右太腿《ふともも》を刺された。しかも、お尋ね者の伊左三を崖っぷちまで追いつめながら、あと一歩のところで取り逃がしてしまったのだ。

「それからすぐだったなあ、とっつあんが十手を返上したのは」

「飲んだくれて兎《うさぎ》みたいな目をしながら、不甲斐ない自分に嫌気が差したと、いつも繰りかえしておりました」

不幸は不幸を呼び、腕の良い錺《かざり》職だったおきみの亭主が頓死した。

源七はすっかり気力を失い、しばらくのあいだ家に閉じこもった。

「でもよ、神様はちゃんとご覧になっておいでだった」

「はい」

実家に出戻ったおきみは、死んだ亭主の子を身籠《みご》もっていた。

娘が元気な子を産んでくれたおかげで、源七は甦《よみがえ》ったのだ。

が、おきみの顔色は冴えない。

聞けば、産後の肥立ちがおもわしくなく、満足に働けなくなったという。

一方、源七は手に職があるわけではない。太腿の金瘡が原因《もと》で歩行もままならぬため、行商ひとつできないのだ。日々の生活に困窮しているらしいことが、はなしぶりから推察できた。

「どうやって、しのいでおるのだ」

「おとっつあんが何とか」

香具師《やし》の手蔓《てづる》をたどって、古着などの粗悪品《ばくもの》や質流れの品を卸してもらい、寺社の境内などで売っているらしい。

「井戸替えの景気づけも、ここだけじゃないんです」

ささやかな心付けを当てにして、今日一日、蔵前界隈《かいわい》の町々を巡るらしい。

「おぬしら、閻魔長屋の住人ではないのか」

「ちがいます」

閻魔長屋より格段に落ちる黒船町の貧乏長屋に住んでいるという。

「わたしが働かなくちゃいけないんです。でも、寝たり起きたりで、すっかりからだが弱くなっちまって、おとっつあんを頼るしかないんです」

「知らなんだな、そこまで苦労しておるとは」

勘兵衛は背に負われた幼子の頭を撫《な》で、小さな手に一朱金を握らせてやった。

「おっかさんに甘いもんでも買ってもらいな」

「旦那、困ります」

「いいってことよ。とっつあんにゃずいぶん世話になった。まだ、おめえがおしめをしているころのはなしだ。な、これくれえのことはさしてくれ。ただし、とっつあんにゃ内緒だぜ」

源七は一徹な男だ。誰かに借りをつくるのを、何よりも嫌っていた。

おきみは涙ぐみ、深々とお辞儀をする。

「それ引け、やれ引け」

勘兵衛は掛け声の主をみつめ、寂しげに微笑んだ。

「おきみ、くれぐれも無理をするなと伝えてくれ」

「旦那にそう仰《おっしゃ》っていただければ、おとっつあんも喜びます」

「世の中にゃ、相身《あいみ》たがいってことばがある。困ったときは遠慮せずに、八丁堀を訪ねてくるんだぜ。じゃあな」

裏長屋の喧噪《けんそう》を背にしながら、勘兵衛は木戸を抜けた。

「おっちゃん、ありがとう」

追いかけてきた坊主が、元気な声を張りあげる。

いとけない幼子の痩《や》せたからだつきが痛々しい。

背後では、おきみがまだ深々と頭を垂れている。

貧乏なのは源七の家族だけではないと、勘兵衛は自分に言い聞かせた。

江戸には貧しさに喘《あえ》ぐ善良な者たちが、数えきれないほどいる。逆しまに、善良な人々を騙《だま》し、安金で辛《つら》い仕事をさせ、平然と私腹を肥やす悪党どももはびこっている。

「埋不尽な世の中だぜ」

勘兵衛は立ちどまり、大路の向こうを睨《にら》みつけた。

雲ひとつない蒼天《そうてん》を背に、千代田城が胴葺きの甍《いらか》を輝かせている。

大食漢で色狂いと評判の公方《くぼう》は、底辺に住む者たちの悲痛な叫びを聞いたことがあるのだろうか。

考えてみれば、自分は雲上で政事《まつりごと》をおこなう連中の手先なのだ。

太平の白波を漕ぎながらも朽ちてゆく巨大な泥船の歯車にすぎぬ。

名状しがたい虚しさを感じるのは、まさに、こうした瞬間だった。

が、何も言うまい。小便臭い路地裏で文句を吐いてもはじまらぬ。

まずは、目の前の厄介事を片づけるのが先決だ。

三

翌日はおふうのために、四十九日の法要をおこなった。

おふうの魂はいちど天に召され、お盆にまた帰ってくる。

「迎え火を焚いて待っておるからな」

不思議と、悲しみは湧《わ》いてこなかった。

つねにいっしょにいるのだという感覚が、心のなかに宿ったせいかもしれない。

綾乃もおなじようなことを告げてくれた。ただ、母というよりも、おふうを姉のように感じているらしい。

仁徳だけはしたたかに酔い、ぶつくさと恨み言を吐いていた。

なぜ、生きているうちに娶《めと》ってやらなかったと、執拗《しつよう》なまでに詰《なじ》るのだ。

それだけ、おふうのことを気に入っていたのだろう。

仁徳の恨み言も、聞き流すことができるようになった。

夕刻、縁側でしめやかな法要の余韻に浸っていると、銀次が紅潮した顔で訪れた。

「月見草の女の素姓がわかりやした」

「ほ、そうか」

柳橋で売り出し中の芸妓で、名は小菊《こぎく》、年はまだ十七だという。

「陸奥《むつ》の在から売られてきたのが十四のとき。声がめっぽう艶めいていたので、女郎屋ではなしに置屋に売られた。女衒《ぜげん》にとっちゃ、そっちのほうが高く売れたらしい。小菊にしてみりゃ運が良かったんだか、悪かったんだか」

売られて三年、三味線と咽喉《のど》の修業を積んだすえ、近頃になってようやく御座敷から声が掛かるまでになった。

「身請話も、ちらほら出はじめたやさきだったとか。そのあたりの詳しいはなしは、直《じか》にお聞きいただいたほうが」

銀次に案内され、勘兵衛は「兎屋」という柳橋の置屋へ足を運んだ。

女将《おかみ》は肥えた大年増で、名を月音《つきね》というらしい。

「ぐふ、なんですよう、旦那。梅干しでも舐めたようなお顔をなさって」

銀次が横から口を挟む。

「どう眺めても、おめえ、月音って面じゃねえな」

「ま、失礼な。これでも、若いころは秋刀魚《さんま》みたいにほっそりしておりましてね、ト一の月音でとおっていたんだ。ねえ、うぽっぽの旦那、知らないとは言わせませんよ」

「知っているともさ。柳橋の月音といやあ、格の高えことで有名だった。一見《いちげん》の客はお断り、馴染みでもちったあそっとじゃ、鼻も引っかけてもらえねえ」

「どっこい、四十の境を越えた途端、秋刀魚が鮪《まぐろ》になっちまいましてね。こいつが出っぱりはじめてからは、格なんざ無いも同然ですよ」

月音はぱんと腹を叩き、帳場で朱羅宇《しゅラウ》の煙管《キセル》を燻《くゆ》らしはじめた。

銀次は紫煙を吐きかけられ、ぐほぐほ咳《せ》きこむ。

さすがに柳橋の置屋を仕切るだけあって、肝の据わった女将だ。

「ところで、小菊のことでちと聞きてえんだがな」

「あの娘、これからってときに……とんだ親不孝者ですよ。三年も手塩に掛けて育てたのに、一銭も稼がず、あの世行きだなんてねえ」

月音は紅い口をすぼめて煙草を吸い、鼻の穴から大量の煙を吐きだした。

「でも旦那、あの娘が入水する理由なんざ、これっぽっちもおもいあたらないんですよ。世間じゃ、あたしが厳しく躾《しつ》けたからだとか、ねちねちいじめたからだとか、勝手なことを抜かしておりますがね。冗談じゃない、あたしゃ、あの娘を一人前に育てようと必死だったんだ」

「わかった、わかった。女将のせいだとは言っておらんぞ」

「なら、何だって旦那が……まさか、あの娘、誰かに殺《あや》められたんじゃ」

「勘がいいな、そうかもしれねえ。疑いがある以上、ひととおり聞いておかねえとな」

「何をです。揉《も》め事は御免蒙《ごめんこうむ》りますよ」

「心配えするなって。小菊にゃ身請話があったそうだな。相手は」

「近江屋利介《おうみやりすけ》、青山百人町の七つ屋ですよ」

「百人町の近江屋か」

「大きい声じゃ言えませんけど、高利貸しで身代を築いた成りあがり者でしてね」

月音はおもいきり、しかめっ面をつくった。

「質金を質におくって諺《ことわざ》がありますでしょ。そいつを地でゆくような男ですよ。独り身だってのに、小菊を妾《めかけ》に欲しいと仰る」

「内儀ではなしに、妾なのか」

「本妻ともなれば、内証を任せなくちゃなりませんからね。嫌なんでしょ。妾なら、好きなときだけ逢えばいい。なるほど、女ってのは、甘やかしたらつけあがる生き物ですからね。つけあがったら後の祭り、容易に捨てられるものじゃない。だから、最初の申しおきが肝心と、ご自分の口でそう仰いましたよ。ふん、いけすかねえ野郎さ」

「女将は身請けを承知する気じゃなかったのか」

「小菊さえよければ、承知するつもりでしたよ。あの娘、相手の顔も性分も年もどうだっていい。お金さえあればいいって、そんなふうに口走る娘でしたから」

「ふうん、十七にしちゃ、しっかりしすぎてんじゃねえのか」

「よほど、貧乏暮らしが嫌だったんでしょうよ。でも、死んじまったら元も子もない。こうなったら、腹に溜めてあることを吐きだしたくなっちまった」

「好きにするがいいさ」

「あの男、弔問にやってきたはいいけれど、雀《すずめ》の涙ほどの香典を差しだし、それこそ、死んじまったら元も子もないって、そう吐いたんですよ。ああ、口惜しい。所詮《しょせん》、七つ屋は七つ屋、しみったれたしわん坊なのさ」

月音は猪のように鼻息を荒くする。

勘兵衛は少し落ちつくのを待った。

「つかぬことを聞くが、近江屋はどこかに怪我をした様子はなかったか」

「怪我ですか」

「刺し傷だ。腕とか、肩とか、背中とか、顔かもしれねえ」

「さあて、気づきませんでしたけど」

「それじゃ、小菊がほとけになった晩、文《ふみ》を寄こした茶屋はどこだ」

「酔月《すいげつ》さんですよ」

「客は近江屋だったのか」

「いいえ、かもじ屋のご主人です」

「かもじ屋」

「ええ、品川大木戸そばの七軒茶屋にある三河屋清左衛門《みかわやせいざえもん》さまですよ」

勘兵衛は、かたわらの銀次と顔を見合わせた。

ほとけの髪に付いていたかもじを思いだしたのだ。

「旦那は、三河屋さんをご存じで」

「知らぬなあ」

「あたしらにとっても同じです。偶《たま》さか酔月を訪れた一見のお客さまでしてね」

「一見客が小菊を指名したのか」

「酔月の遣り手あたりが薦めてくだすったんでしょう。お初のお呼びだったもので、小梅《こうめ》を付けてやりました」

「小梅とは」

「古手《ふるて》ですよ。年は二十七。三味線の腕前が群を抜いておりましてね、今は地味な年増になっちまったけど、むかしはふっくらした可愛い娘だった。わたしの妹分で、末は兎屋をまかしてもいいとおもっております。小梅によれば、三河屋のご主人は鬢《びん》に霜《しも》のまじった優しげな面立ちのお方だったとか」

小梅はあくまでも、刺身のつまにすぎない。三河屋は小菊のことをたいそう気に入り、興が乗ると隣に侍《はべ》らせて放さなくなった。

一方、小菊のほうもまんざらではなかったらしい。

仕舞いに、小梅は厄介払いも同然に追いだされた。

「見放さずに待っていれば、あんなことにはならなかったのにと、小梅はしきりに悔やんでおりますよ。なにせ、小梅は小菊を可愛がっておりましたから」

「すると、小梅はひとりで帰ってきたわけだな」

「はい」

一方、小菊は帰らぬ人となった。

「かもじ屋は焼香に訪れたのか」

「いいえ。なにせ一見さんですから、小菊の不幸をご存じないのでしょう」

「小梅をちと呼んでくれぬか。はなしを聞いてみたい」

「それが無理なんですよ。あの日の晩から、高熱を出して寝込んじまって」

「なら、出直すとするか」

勘兵衛は礼を言い、銀次をともなって外に出た。

西日が強い。雀色刻《すずめいろどき》はもうすぐだ。

「わしはこれから、青山百人町の七つ屋を当たってみる」

「それじゃ、あっしは品川七軒茶屋のかもじ屋を」

「頼む」

「へい」

走りさる銀次の背中を目で追い、勘兵衛はぷらぷら歩きだす。

近江屋利介と面識はない。だが、会ってはなしをすれば、どのような人物かを見抜く自信はあった。

四

背には千代田城が聳《そび》えている。

赤坂門外の広大な紀伊屋敷の脇を抜けると、大路の左右には小役人の屋敷町がみえてくる。家々の軒先には高さを競うように長竿が立てられ、先端には燈籠《とうろう》や提灯がぶらさがっていた。

青山百人町の星燈籠、二代将軍秀忠の菩提《ぼだい》を弔う意図ではじまったものが、今では江戸の風物詩として数えられるまでになった。

暮れ六つの鐘の音は、まだ聞こえてこない。

正面にみえる夕空は、血の色に染まっていた。

青山大路をしばらくすすむと、右手にこんもりとした杜《もり》がみえてくる。善光寺《ぜんこうじ》だ。

高利貸しも兼ねる質屋は、門前町の片隅にあるという。

さほど苦もなく、みつけだすことはできるだろう。

当たりをつけて足をむけると、突如《とつじょ》、男の悲鳴が聞こえてきた。

香具師の床店が軒を並べる門前から、大勢の怒声も響いてくる。

「こらっ、糞爺、盗んだものを出しやがれ」

「堪忍だ、堪忍してくれ」

聞き覚えのある声だ。

白髪の老人が香具師たちに囲まれ、撲《なぐ》る蹴《け》るの暴行を受けている。

「あ、とっつあん」

閻魔長屋で見掛けた源七だった。

埃《ほこり》だらけの着物は裂け、口からは血を流している。

「待て、おい、何をしておる」

勘兵衛は毛臑《けずね》を剝き、大声を発した。

香具師どもは小銀杏髷《こいちょうまげ》に気づき、ぺっと唾《つば》を吐く。

源七は頭を両手で覆い、甲羅に隠れた亀と化していた。

地べたをみやれば、柄の折れた風車がひとつ捨ててある。

「盗人爺め、売り物を掠《かす》めとりやがった。旦那、早えとこ、とっつかめえてくだせえよ」

「よし、わかったから、おぬしらは商売に戻れ」

「お願えしやすよ」

香具師も野次馬も、不満顔で散ってゆく。

源七は蹲《うずくま》ったまま、ぶるぶる震えていた。

その肩に手を置き、ゆっくり囁《ささや》いてやる。

「とっつあん、おれだよ」

「へ」

源七は顔をあげ、充血した眸子を瞠《みは》った。

「だ、旦那」

「ずいぶん痛え目に合わされたな、顔が焼き餅みてえに腫れているぜ。いってえ、どうしちまったんだ」

「とんだ出来心で。気づいたら風車を」

「孫のためにか」

「へ、へえ」

「ふはは」

勘兵衛は胸を反らせ、わざと大笑してみせる。

「鬼源のとっつあんも、ついに、ぼけちまったか」

源七は首を突きだし、薄汚れた顔を左右に振った。

「旦那、ちがう、ちがうんだ。面目ねえ。あっしゃ、孫の手みやげ欲しさに盗みを」

「おっと、そっからさきは喋《しゃべ》るんじゃねえ。おめえは、年のせいでぼけちまっただけさ。待ってな、おれが新しいのを買ってきてやる」

「旦那」

勘兵衛は袖を靡《なび》かせ、風車を手にして戻ってきた。

「へへ、風もねえのに廻っていやがる。因果は巡る風車ってか。ほれ、坊にみやげだ」

「す、すみません。こっぱずかしいところをみせちまって、穴があったら入えりてえ。銭はかならず返えしやす」

「いらねえよ。おめえにゃ、よく飯を馳走になった」

「そいつは二十年もめえのはなしだ」

「おれも年を食っちまってな、昨日今日のことはすぐに忘れちまうが、むかしに受けた恩だけは忘れられねえ。厄介なはなしだぜ」

「旦那」

源七は涙目になり、何度も頭をさげる。

ごおんと、暮れ六つの鐘が鳴りはじめた。

「さあ、立てるか」

勘兵衛は、源七に肩を貸してやる。

「ところで、おめえ、こんなところで何してんだ。家は大川端の黒船町だろ」

「へ、へえ。溜池の近くで昔馴染みの顔を見掛けたもんで」

背中を追いかけ、青山大路をずっと歩いてきたが、善光寺の門前で見失ってしまったのだという。

「ふうん」

「なにせ、右足がこのざまでやすからね、ふつうに背中を追うのもしんどいはなしで」

それ以上は喋るまいとでもするかのように、源七は口をへの字に曲げた。

「久しぶりだ。どうでえ、一杯飲らねえか」

「で、でも」

「いいじゃねえか。そこの横町にほら、縄暖簾《のれん》がある」

「じゃ、少しだけ」

勘兵衛はいそいそと歩き、縄暖簾を振りわけた。

源七は右足を引きずり、おどおどした様子でつづく。

「親爺、冷やをくれ。それと奴《やっこ》もな」

床几《しょうぎ》に座ると、冷や酒と奴がふたつ出されてきた。

盃に注《つ》いでやると、源七は遠慮がちに口を付ける。

「うわばみの親分さんの飲みっぷりじゃねえな。さ、ぐっといきねえ、ぐっと」

「へい」

源七は盃を呷《あお》り、目尻に深い皺《しわ》をつくる。

「美味《うめ》えか」

「そりゃもう」

「やっと笑ったな」

「へへ、旦那もあいかわらずだなとおもいやしてね」

「何が」

「奴ですよ。旦那の肴《さかな》は、いつもきまって奴だった」

「舌は何年経っても自分の舌さ。おめえだって、奴にゃ目がねえだろ」

「よくおわかりで」

「むかしのことは忘れねえと言ったろう」

「ところで旦那、今は何を」

「今か、小菊っていう芸妓殺しを調べている」

源七は、少し目を泳がせた。

「とっつあん、それがどうかしたのかい」

「小菊殺しなら、ちょいと小耳に挟みやした」

「そうかい」

「可哀相に。殺られたな、まだ十七の小娘だっていうじゃありやせんか」

「やけに詳しいな」

「いけねえ、いけねえ。岡っ引きの尻尾が滓《かす》みてえにのこっていやがる」

源七は豪快に笑い、酒を注いでくれた。

「そういや、昨日、おきみに会ったぜ」

「聞きやした。閻魔長屋にいらしたとか」

「とっつあんも苦労しているなあ」

「へへ、七年前の一件以来、すっかりツキが落ちちまって」

「七里の伊左三か、残忍な盗人だったたな。やつのねぐらを突きとめたのは、とっつあんだった」

「突きとめたまではよかったが、そのあとがいけませんや」

手柄を焦り、無造作に踏みこんだ途端、伊左三と格闘になり、匕首《あいくち》で右腿を刺された。

そのうえ、逃げられたのだ。

「伊左三は消え、行方は杳《よう》として知れず」

一時期、雲州の松江城下に潜んでいるとの噂《うわさ》はあった。

もっとも、伊左三に冠された「七里」という綽名《あだな》から、松江が連想されたにすぎない。

七里とは、東海道の道筋で七里ごとに設けられた急ぎ飛脚のことだ。三代将軍家光のころ、雲州松江と江戸とを結ぶ飛脚七里がつくられた。そののち、尾張と紀伊の御家門だけにこの制度が許された。

なぜ、伊左三が七里と呼ばれていたのか、勘兵衛は知らない。

「そいつは、飛脚に掛けた洒落《しゃれ》なんでさあ。伊左三はかならず、十七夜の月の晩に盗みをはたらいた。十七夜の月といやあ立待月《たちまちつき》、たちまちつきといやあ十七屋、つまりは飛脚のことだ」

「はじめて知ったな。へえ、そういうことだったのか」

「旦那はあの一件に関わっておられやせんからね、ご存じねえのも無理はありやせん」

「すると、七年前のあの日も」

「ええ、文月《ふづき》の十七夜でやした。襲われたのは牛込の七軒寺町の七つ屋で」

「そうだっけな」

「伊勢屋でやすよ。あっしは伊勢屋の旦那に了解してもらい、罠を仕掛けたんだ。ところが、とんだしくじりを……くそっ、おもいだしても胸糞わりい。伊勢屋さんのご一家はご夫婦ばかりか、幼子まで殺められちまった。今も夢枕に立つんだ。伊勢屋の旦那があっしのどじを詰るんです」

「嫌なはなしを思いださせちまったな」

「片時も忘れることなんざできやせん。旦那、あっしは十手を返上した身だが、伊左三のやつを捕まえてえ。そうじゃなきゃ、死んでも死にきれねえんだ」

さほど飲んでもいないのに、源七の目は据わっている。

勘兵衛はふっと笑みを浮かべ、盃に酒を注いでやった。

「悪党が一匹、お江戸から消えたとおもえばいい。それだけでも、よしとしなくちゃなるめえ。とっつあんは命を張って、この町を救ったんだよ」

「そんなふうに仰ってくださるのは、うぽっぽの旦那だけでさあ」

「もう、このはなしはやめにしようぜ」

「へい」

「さ、飲め。ぐっといけ」

源七は目尻をさげ、両手で押しつつむように盃を呷った。

「ぷはあ、美味え」

「そうだろうが」

「旦那、瓜の塩揉みを頼んでも」

「おお、頼め、どんどん頼め」

出された瓜の塩揉みを、源七はかりっと齧《かじ》った。

「ところで旦那、お嬢様はおいくつになられやしたか」

「二十一だ。医者の真似事ばかりしよってな、いまだに嫁の貰い手がねえのさ」

「何を仰います。立派なもんだ。男手ひとつで、ようく育てあげなすった……おっと、申し訳ありやせん。うっかり、口を滑らしちまった」

「静のことか、いいんだよ、おおむかしのはなしだ。ふっ、あいつは、あんとき出ていったきりさ」

「そうでしたかい」

綾乃が一歳になった年の暮れ、妻の静は理由も告げずに失踪《しっそう》した。

勘兵衛は死に物狂いで捜したが、十年、十五年と月日が流れ、いつしか、あきらめてしまっていた。ところが、昨夏、記憶を無くした静らしき女が江戸へあらわれた。安芸《あき》の尾道《おのみち》で鬼灯《ほおずき》の惣五郎《そうごろう》という悪党に拾われ、小夜《さよ》と名を変えていたのだ。

「去年のはなしさ。文月の二十六夜だった。高輪の茶屋でな、二十数年ぶりに邂逅《かいこう》できるかもしれぬと、期待をふくらませながら待っておったのよ」

「邂逅なされたので」

「いいや、逢えなんだ」

静は比丘尼《びくに》の操る小舟であらわれたが、浜へ近寄ることもなく、燦爛《さんらん》と輝く三光の彼方《かなた》へ消えてしまった。

ただ、希望を失ったわけではない。

生きていれば、いつか必ず邂逅できると信じている。

「旦那、ご希望がかなったあかつきには、どうなさるんです」

「さあな。さきのことなぞ、考えておらぬ」

失踪の理由を質《ただ》したい気もするし、そうでない気もする。

新たな暮らしをはじめるかどうかも、正直なところわからない。

ただ、邂逅したかった。骨が軋《きし》むほど、抱きしめてやりたいのだ。

「ご存じのとおり、あっしの女房はもうこの世にいねえ。胸を患い、最後の三年は寝たきりでやしたが、どんなにみじめなすがたになっても、生きててほしかった。今になって、そんなふうに思うんですよ」

「そうか」

ふたりはかなり深酒をし、外がすっかり暗くなってから見世を出た。

横町の堀川に沿って歩いていると、源七が立ちどまった。

「旦那、ほら、あれを」

「ん」

川辺に白い光が飛びかっている。

「蛍だな」

「へへ、旦那、蛍ってのはどれくれえ生きるとおもいやす」

「さあ、ひと月ほどか」

「いいえ、六日か七日、せいぜい十日だそうです」

幼虫のときに栄養を蓄え、成虫になると水も飲まない。死の間際まで光を放ち、線香花火のように消えてゆく。雨に落とされても川面で光り、蜘蛛《くも》の糸にからまっても光りつづけるのだという。

「つい、このあいだ、孫を連れて蛍沢にめえりやした。でも、今時分になると、蛍も元気がねえ。家に帰りつくころにゃ、光も途絶えがちになりやしてね、翌朝にゃ一匹残らず死んじまった。へへ、とんだ病み蛍でやしたよ」

横町から大路へむかう途中、源七は激しく咳きこみ、血を吐いた。

「こりゃまずい。源七、しっかりせい」

「む、胸じゃありやせん。このあいだから、腹の調子がおかしいんで」

「ちっ、それをなぜ言わぬ。病人に飲ませちまったではないか」

「いいんですよ。どうせ、さきは長くねえんだ。でも、死ぬめえに、もうひと花だけ咲かせてえな。あっしはね、おとしまえをつけて死にてえんですよ」

「弱気なことを抜かすんじゃねえ」

「旦那、今日はほんとに嬉しかった。こんな気分になったな、何年かぶりだ」

源七はふらつき、塀に寄りかかった。

「大丈夫か。さ、負ぶってやろう」

「な、何を仰います」

「遠慮すんな。おれのほうが十は若えんだ。ほんの少し、負ぶわせてくれ」

「だめです。それだけはぜったいに」

弱々しく抵抗する源七を無理に担ぎ、勘兵衛はしっかりした足取りで歩きはじめた。

「ほれ、みろ」

青山百人町の星燈籠が、文字どおり、星屑《ほしくず》となって瞬いている。

「盆の終わりまでは楽しめる。乙な眺めじゃねえか。とっつあんじゃなく、小股の切れあがった娘と見物したかったぜ」

返事はなく、代わりに寝息が聞こえてきた。

「とっつあん、ずいぶん軽くなりやがって」

鬼源とまで呼ばれた男のあまりの軽さに、勘兵衛は胸が詰まった。

それにしても、気に掛かる。「おとしまえをつけて死にてえ」とは、どういう意味なのだろうか。

勘兵衛は、酔った頭で想像をめぐらせた。

五

源七を八丁堀の自邸に担ぎこみ、金瘡医の仁徳に診断させた。

すでに町木戸の閉まる刻限は迫っている。娘のもとには小者を使いにやったので、案ずることはなかろう。

源七は眠ったまま、表部屋の治療台に寝かされた。

「どんな塩梅《あんばい》ですかね」

「腹んなかに腫れ物ができているのかもしれねえ」

「腫れ物」

「ま、腑分けでもしてみねえことにゃ、詳しくはわからねえがな」

髪も髭《ひげ》も真っ白な仁徳はことなげに言い、口端に冷笑を浮かべる。

源七は薄く白目を開け、苦しそうに鼾《いびき》を掻いている。

「うぽっぽ、けっこうな量を飲ませたな」

「ええ」

「殺す気か。鬼源のやつ、養生しねえことにゃ長生きできねえぞ。もっとも、わしに言わせりゃ、これでも長生きしているほうじゃ。あれだけの金瘡を負わされたわりにゃあな」

七年前に太腿を刺されたとき、治療したのも仁徳だった。

源七は失血が原因で、生死の淵をさまよった。命はとりとめたものの、右足は半年ものあいだ、ぴくりとも動かなかった。懸命に動かす努力を重ね、何とか自力で歩けるところまで恢復したのだ。

「意志の力さ。鬼源のやつは譫言《うわごと》で悪党の名を繰りかえしておった。今でも耳にこびりついておるわい。伊左三、伊左三とな。そいつを捕まえるまでは死んでも死にきれねえと、わしの腕に爪を立てながら泣き叫びやがった」

「へえ、そんなことがあったんですか」

「あらためて聞くが、伊左三ってのはどんな野郎だ」

「女子どもまで平然と殺める極悪人ですよ」

盗みばたらきの一件ごとに、組む相手を変える。それもあって、けっして尻尾を捕まえられなかった。しかも、つねに頭巾で顔を隠しているため、悪党の仲間うちでも顔を知る者はいない。

「人相書きが配られたはずじゃぞ」

「そうでしたっけね」

「盗人らしからぬ、のっぺりした顔じゃったわい」

誰も知らない伊左三の面を、源七だけは目に焼きつけた。

揉みあいになったとき、頭巾をはぐりとってやったのだ。

「さすがは鬼源、ただでは転ばなかったというわけか」

「代償は高くつきましたがね」

「おもいだしたぞ。盗みにはいられたのは、伊勢屋という七つ屋じゃったな」

狙われたのが七つ屋だったというところに、勘兵衛は少し引っかかりを感じた。

「たしか、ひとりだけ逃げのびたおなごがおったはずじゃ」

「え、そうでしたっけ」

「妾じゃ、妾が離室《はなれ》に同居しておったのさ」

勘兵衛もおもいだした。家人はことごとく殺害されたにもかかわらず、妾だけは行方不明になったので、七里の一味を導いた「舐め役」ではないかと疑われたのだ。妾の名は忘れたが、年若い粋筋の女だったような気がする。

ぎっと戸が軋み、六尺豊かな巨体がのっそりあらわれた。

「おう、鯉四郎か。銀次はどうした」

「青山百人町の七つ屋にむかいました」

「そうか、何か言伝《ことづて》は」

「ございます」

「かもじ屋か」

「はい。会ってはなしを聞いたところ、これといって怪しい点はなかったそうです」

「怪我は」

「しておりません。ただ」

「何だ」

「あの晩は深酒を控え、早々に酔月をあとにしたとか」

「ほう」

「しかも、小菊と差しむかいに飲んだおぼえはないそうです」

「なに。すると、小梅の証言と食いちがっておるな」

「かもじ屋か小梅、どっちかが嘘を吐いていると、銀次は申しておりました」

「なるほど。やはり、小梅に当たってみなければなるまいか」

「今から、まいりますか」

「少し待て」

そこへ、綾乃が小走りにやってきた。

「父上、お戻りでしたか。気づきませずに、すみません」

息を弾ませて鯉四郎をみやり、ぽっと頬を赤くする。

「何だ、綾乃、居眠りでもしておったのか」

「はい」

仁徳が横から助け船を出す。

「今日も朝から、途切れなく患者が来よってな。綾乃はちと疲れておるのじゃ。おぬしのように、好き勝手にほっつき歩いておるのとはわけがちがう。綾乃は細腕一本で人の命を救っておるのじゃぞ」

勘兵衛の耳に、仁徳の嫌みは届いていない。

なぜ、綾乃は鯉四郎をみて顔を赤くせねばならぬのか。

頭のなかで疑問がふくらみ、破裂しそうになったのだ。

――たわけ、十手持ちなぞに惚《ほ》れるでない。

いつもの勘兵衛なら、一喝《いっかつ》するところだ。

が、不思議と怒りは湧いてこない。

「綾乃、鯉四郎に飯でも食わしてやれ」

と、気の抜けた台詞《せりふ》を吐いた。

「ほれ、とろろがあったであろう」

鯉四郎は、どぎまぎしだす。

「お、お気遣いは無用です」

綾乃は小首をかしげ、目顔で勘兵衛の指示を仰いだ。

「早う支度せい」

「はい」

嬉々として、綾乃は走りさった。
「わしも相伴にあずかろう」
仁徳が、ひょいと腰をあげる。
源七は目を醒《さ》ます気配もない。
三人で中庭を横切り、縁側に座った。
夜空には上弦の月が浮かび、庭の片隅には月見草が咲いている。
「月見草か」
忽然《こつぜん》と、血の記憶が甦ってきた。
勘兵衛と鯉四郎は、月見草から目を逸らす。
「むふふ、山芋は精がつくでな」
仁徳は口をすぼめ、目をしょぼつかせた。
とろろ飯を食いたいばっかりに、眠たいのを怺《こら》えているようだ。
綾乃の支度ができた。
運ばれてきた飯椀には、白米が盛りつけてある。
これに山芋の擂《す》ったのを掛けて食う。
蜆《しじみ》の味噌汁も付いていた。

鯉四郎はずりずり音を起《た》て、とろろ飯をかっこむ。

大汗を掻きながら、ものも言わずに二杯たいらげた。

「美味いか」

「は」

「綾乃に、そう言うてやれ」

「はあ」

綾乃は飯櫃《めしびつ》に杓文字《しゃもじ》を入れ、三杯目をよそおうとしている。

医者を志す者の気丈さは薄れ、甲斐甲斐しい若女房のようだ。

母のいない娘が、よくぞここまで育ってくれた。

一刻も早く、嫁に出さねばなるまい。

勘兵衛は目をほそめながらも、一抹の寂しさを禁じ得ない。

一方、鯉四郎は俯いたまま、顔もあげられなくなっていた。

腹ができた途端、恋心がむっくり頭をもたげてきたようだ。

この男は綾乃を好いている。二十六にもなって純情な男だ。

鼻筋のとおった見栄えのする面つきに頑強な体格、剣を取らせれば小野派一刀流免許皆伝の腕前だが、人付きあいが苦手で気難しい性質をしている。

恵まれた生いたちでもない。二十年余りまえ、父は勘定方を務めていたが、汚職に連座した廉《かど》で腹を切らされた。直後に母も頓死し、幼い兄たちも相次いで病死を遂げた。預けられた母方の祖母のもとで成長できたのは、四男の鯉四郎ただひとりだった。いまだに、鯉四郎は父の無実を信じている。そのことが性格に暗い蔭《かげ》を投げかけていた。

無念腹を切らされた父とは、浅からぬ縁もある。

鯉四郎に娘をくれてやってもいいかなと、勘兵衛はおもった。

「いかん、いかん」

心が乱れているせいか、自分の意志とはうらはらの考えが浮かんでくる。

ともかく、柳橋の兎屋に向かわねばなるまい。

善は急げだ。

六

兎屋へやってくると、たいへんな騒ぎになっていた。

「おい、何があった」

夜着姿の妓《おんな》をつかまえてみると、声を震わせる。

「か、厠《かわや》で……こ、小梅姐《ねえ》さんが」

「小梅がどうした」

最後まで聞かずとも見当はついた。

首を縊《くく》ったのだ。

「鯉四郎、覚悟はよいか」

「は」

路地裏から勝手口にまわった。

厠は屋内ではなく、古井戸のそばにある。

芸妓たちはおらず、肥えた女将がひとり、放心した顔で立っていた。

月音だ。

「おい、女将」

「あ、うぽっぽの旦那」

狼狽《ろうばい》する月音を脇に押しやり、勘兵衛は厠の内を覗いた。

柱に掛かった手燭《てしょく》の炎が揺れ、烏枢沙摩《うすさま》明王の護符を妖しげに映しだす。

天井の梁《はり》には黒い細紐が通され、首の伸びた女がぶらさがっていた。

「鯉四郎、おろしてやれ」

「は」

鯉四郎は嫌がりもせず、ほとけの両膝を抱えこむ。

勘兵衛は戸板を一枚外し、厠の外に置いて待った。

戸板に寝かされたほとけは、悲しげな顔をしている。

「長尾さま、これを」

「ん」

鯉四郎の手には、黒い細紐が握られていた。

よくみれば、編みこんである。紐ではない。

「かもじか」

「そのようです」

わざわざ、かもじを使ってみせたのは、何かの暗示であろうか。

月音が近寄り、肥えたからだを投げだした。

「小梅、小梅」

ほとけに縋《すが》りつき、泣きながら何度も呼びかける。

したいようにさせ、しばらくのあいだ様子を眺めた。

芸妓たちや隣近所の連中が、灯りを手にしてやってくる。

「女将、そろそろ、なかに移してやったらどうだ」

月音は頷《うなず》き、よろめきながら立ちあがった。

勘兵衛と鯉四郎が戸板をもちあげ、仏間にほとけを運びいれる。

誰かが気を利かせ、湯灌《ゆかん》に馴れた小者を連れてきた。

小者は入ってくるなり、屏風《びょうぶ》を逆さにひっくり返し、水に湯を加えたぬるま湯に手拭いを浸して、ほとけのからだを拭《ふ》きはじめた。

ほとけが北枕の褥《しとね》に横たえられると、月音は物言わぬ顔に薄化粧をほどこした。

勘兵衛はすぐそばで、じっくり観察しつづけた。

「女将、少しは落ちついたかね」

「は、はい」

「いくつか訊《き》いてもよいかな」

「どうぞ」

「こうなったことに、何か心当たりは」

「ありません」

月音のわずかな動揺を、勘兵衛は見逃さなかった。

懐中から手拭いを取りだし、件《くだん》の銀簪を摘みあげる。

「あ、それは」

月音が口に手を当てた。

「知っておるな。これは小菊の簪だ」

勘兵衛は褥に躙《にじ》りより、ほとけの蒼白い左腕を取った。

肘《ひじ》の内側に深い刺し傷がある。

簪の先端と合わせると、ぴたり傷口が一致した。

「これだけの金瘡に、おめえが気づかねえはずはねえ。なあ、女将、どんな事情があったのか、あの晩、おめえは小梅に質したはずだ。正直に喋ってみな」

「旦那、堪忍してください」

「どうして」

「小梅に約束したんです、誰にも喋らないからって」

「約束を破れば、化けて出られるとでも。だったら、小菊はどうなる。この世に未練をのこして死んだのは、小菊のほうなんだぜ」

月音は両腕で胸を抱え、小刻みに震えはじめた。

「正直に喋ってくれりゃ、わるいようにゃしねえ。ここだけのはなしにしといてやってもいい」

「ここだけのはなし」

「ああ、おれを壁だとおもって喋ってみな」

「壁、ですか」

月音は覚悟を決め、ぽつぽつ喋りはじめた。

七夕の前夜、小菊と小梅は日が暮れてから、酔月の座敷に呼ばれていった。

客は品川七軒茶屋のかもじ屋、一見の客を大いに喜ばせ、小梅ひとりが亥《い》ノ刻の四つ半前後に戻ってきた。

「顔は蒼白、髪も着物も乱れ、袖の裂けた左腕から血を流しておりました。そんなありさまを目の当たりにして、冷静でいられるはずがありません。どうしたのかと質すと、小菊と口論になり、心ならずも殺めてしまったと泣きました」

「心ならずも」

「信じてやってください。小梅には殺めるつもりなど、毛頭なかったのでございます」

身請話の一件で、十歳年長の小梅が年若い小菊に意見した。

「『わるいことは言わない、近江屋利介との縁は切ったほうがいい』と意見したところ、小菊は『余計なお世話だ、ひがみ根性で詰まらぬ難癖はつけないでおくれ』と居直ったのだそうです」

「それで、頭にかっと血がのぼった」

「はい。でも、小梅の言うことも、わからないではないんです。小梅は小菊を妹のように可愛がっておりました。当の小菊は、若いわりに銭金にうるさい娘でした。『顔や性分は二の次、金持ちのお大尽なら誰でもいいから身請けされたい』と、常日頃から申しておりました。『恥ずかしいことを口にするな』と、このわたしも何度かたしなめたことがあったのです」

「小梅は七つ屋と縁を切れと、強意見《こわいけん》した。なぜかな」

「近江屋利介のことを存じておりました。鼠《ねずみ》に囓られたと称し、客から預かった質草を粗悪品屋に横流しするような輩《やから》だと」

「悪党といっても、その程度の小悪党か」

「『せこい男はやめておけ』と、小梅が強意見していたことは、わたしも以前から承知しておりました。小菊は『他人にはせこくても、わたしのためなら湯水のようにお金を使ってくれる』と言いかえし、仕舞いには『七面坂下に妾宅まで用意してくれ、そのうえ、隠し金のありかまで教えてもらったんだから』などと、愚にもつかぬ戯《ざ》れ事を吐いたこともありました」

月音は終始、小梅の肩をもちつづけた。

「出来の悪い子は可愛いって、よく言いますでしょ。小梅は出戻りなんです」

「出戻り」

「ええ、今からちょうど七年前、あの娘が二十歳のときでした。とある商家のご主人に見《み》初《そ》められ、妾として身請けされたんです。ところが、妾になってほどもなく、その店が盗難に遭《あ》い、ご主人夫婦も幼子も殺され、小梅ひとりが命からがら逃げのびた。三味線しか取り柄がないから置いてほしいと泣いて頼まれ、面倒をみてやることにしたんです。だから、出戻りなんですよ。若い芸妓たちには内緒にしておりますから、そのことを知る者はおりません」

「なるほど」

「じつは、あの子を身請けしたのは七つ屋の旦那だったんです。牛込七軒寺町の伊勢屋さんと申しましてね」

「なんだと」

七年前に伊勢屋一家を斬殺したのは、七里の伊左三だった。ひとりだけ行方不明となった妾は、一味の仲間ではないかと疑われた。その妾が小梅であったとすれば、小菊殺しと繋《つな》がりがありそうな臭いもする。

「旦那、どうかなされたんですか」

「い、いや、つづけてくれ」

勘兵衛は興奮を抑え、月音にさきを促した。

「考えてみれば、生いたちからして幸の薄い子だった。あの娘の母親は鳥追歌を唄いながら門付けをして歩く芸人でしてね。冬が越せなくなって、命よりもたいせつな三味線を質に入れちまったんです。腕のたしかな三味線弾きでしたが、それ以来、門付けはできなくなり、幼い小梅ともども、おちゃないをやりながら暮らしておりました」

「おちゃないか」

「落ちてやいないか、落ちてやいないかってね、かもじにする髪の毛を探して、町中を歩きまわるんですよ。仕舞いにゃ物乞い同然に成りはてちまってね、あたしゃ見かねて、幼い娘を引きとったんです。母親にはいくらかのお金を手渡しました。小梅が一人前になったら見にいらっしゃいと告げてやったけど、母親はついにすがたをみせなかった」

勘兵衛と鯉四郎は、しんみりした気持ちで身上話を聞いた。

「ともかく、小梅は小菊を可愛がっておりましたし、七つ屋とのことは自分の辛い過去を伝えたかったんだとおもいます」

「それはわかる。だが、伝えたいだけなら何もわざわざ、思川の汀まで誘うこともあるまい」

小梅は最初から殺める意図で小菊を誘ったのではないかと、勘兵衛はおもった。

理由は判然としない。だが、七里の伊左三に関わることかもしれぬ。

月音は重そうな腹を揺らし、酔ったように喋りつづける。

「小梅に事情を訊いたあと、わたしは息苦しくなり、内証にへたりこみました。でも、すぐに頭を切りかえたのです。芸妓同士で殺しあったなぞという噂が立ったら、置屋が立ちゆかなくなる。何があっても、真相は隠しとおさねばなるまいと、そうおもっちまったんですよ」

小梅の帰宅を見た者がいないのをさいわいに、月音は知らぬふりをきめこんだ。

「でも、小梅本人が苦しんでいたんだ。苦しみぬいたあげく、こんなことをしでかしちまって……みいんな、あたしのせいなんです。あたしがちゃんと守ってやれなかったから」

「泣き言はあとにしてくれ。小梅は何か、遺言めいたことを告げなかったか」

「遺言めいたこと」

「例えば、誰かを恨みにおもっていたとか」

「高熱に魘《うな》されていたんです。喋ることもできないくらいに……でも、そういえば、譫言《うわごと》を繰りかえしておりました」

「何て」

「七里、七里と」

「それだけか」

「はい」

「ふうむ」

勘兵衛は小さく唸《うな》った。

月音が、おどおどしながら訊いてくる。

「旦那、わたしはお縄になるんでしょうか」

「人殺しを匿《かくま》うのは、人殺しと同罪だからな」

「ひぇっ」

「はなしは最後まで聞け。言ったはずだ、おめえが告白する相手は壁だって」

「それじゃ、お許しいただけるので」

「妓たちを手厚く葬ってやんな。あの世では喧嘩しねえように、ようく言いつけておくんだぜ」

「は、はい。ありがとう存じます」

小菊を殺めた下手人は、首を縊ってしまった。

となれば一件落着、これ以上、関わる理由もない。

だが、小菊が殺された真相はまだ藪のなかにある。

もう少しこの一件を調べるか、それとも、止めにしてしまうか。

北枕のそばをみやれば、かもじが蛇のように蜷局《とぐろ》を巻いている。

勘兵衛の背筋に悪寒が走った。

七

九日後、藪入りの翌夕、勘兵衛たちは暑気払いと験《げん》直しを兼ね、大川の花火見物に繰りだした。

銀次が涼み船を調達し、綾乃も仁徳も鯉四郎も船上のひととなった。

夕照を映す川面に舟を浮かべ、うろうろ舟から買い求めた肴を食いながら酒を飲む。

仁徳と銀次は微酔《ほろよ》い気分で唄いだし、綾乃と鯉四郎は和気藹々《あいあい》と楽しそうに過ごしている。

これ以上の贅沢《ぜいたく》はないはずだが、勘兵衛の気持ちは晴れない。

やはり、小菊殺しを中途半端に終わらせてしまったような気がしてならぬのだ。

「煮えきらねえ野郎だぜ」

仁徳に毒づかれても、首を縊った小梅のすがたが頭から離れない。

小梅はたぶん、七里の伊左三と関わりがあった。

もしかしたら、今から何か起こるのではないか。

漠然とした不安が、付きまとって離れないのだ。

一連の出来事には、いくつかの共通項があった。

七年前に襲われたのは七つ屋で、小菊が身請けされる予定先も七つ屋だった。

小菊が殺められた晩の客はかもじ屋で、小菊を殺めた小梅は編みこまれたかもじで首を縊った。しかも、小梅の母親はかもじにする抜け髪を拾いあつめる「おちゃない」をやっていた。

そして、七年前に消えた伊左三と関わりの深い人物が、小梅のほかにもうひとりいる。

源七であった。

考えてみれば、源七を久しぶりに見たのは、思川で水死体を検屍した帰り道だった。

さらに、二度目に逢ったのは、青山百人町の七つ屋に向かう途中の出来事だ。

これは偶然であろうか。

勘兵衛は、源七の吐いた台詞をおもいだした。

――死ぬめえに、もうひと花だけ咲かせてえな。あっしはね、おとしまえをつけて死にてえんですよ。

おとしまえをつけるという台詞が、頭のなかでぐるぐる廻りだす。

「ひょっとしたら、とっつあんは」

突如、目のまえに閃光《せんこう》が散った。

「きゃっ」

綾乃が叫んだ。

大川に花火が打ちあげられたのだ。

いつのまにか、あたりは闇に閉ざされている。

ばりばりと音を起てながら、大輪の華が咲いてゆく。

周囲の涼み船からも、歓声や悲鳴が沸きおこった。

あまりに近すぎて、火の粉が雨と降ってくるのだ。

「うわっ、熱っ」

仁徳は髷《まげ》を燃やされ、船縁《ふなべり》に頭を突っこんでいる。

「こりゃ、たまらん。船頭、戻してくれ」

「よろしいんですかい。火の粉をかぶるってのが花火見物の醍醐味《だいごみ》ですぜ」

「莫迦《ばか》なことを言うな。早く棹《さお》をさせ」

「へえい」

栈橋に船を寄せると、幼子を負ぶった女が泣きそうな顔で待っていた。

誰かとおもえば、源七の娘のおきみである。

「どうしたのだ」

「おとっつあんが消えちまったんです。自分が死んだら、うぽっぽの旦那に骨を拾ってもらえなどと、縁起でもない言伝をのこして」

「なんだと」

「ふらりと出ていっちまったんです。何か嫌な予感が……お勝手から出刃が無くなっちまって……ひょっとしたら、おとっつあんがそれを」

「行き先はどこだ」

「青山百人町の近江屋さんに行ったんじゃないかと」

「なぜだ」

質しながらも、勘兵衛にはわかるような気がした。

「何かあったのか」

「は、はい」

おきみは肩を揺すられ、しどろもどろになった。

「すまぬ、つい、熱くなっちまった。七つ屋とのあいだで揉め事でもあったのか」

「はい」

源七は昨日、自分の質物を香具師の床店でみつけた。亡くなった女房の形見だった柘植《つげ》櫛が、粗悪品として売られていたのだ。それは三日前、近江屋から鼠に囓られたと聞いてあきらめていた品にほかならなかった。

「おとっつあんは昨日、近江屋さんにねじこんだんです。でも、先方には腕っぷしの強いのが何人か控えていて、こてんぱんにされて帰ってきました」

「それから、どうしたのだ」

「おとっつあんは『あの野郎、身ぐるみ剝がされりゃいいんだ』と、声が嗄《しゃが》れるほど怒鳴っておりました」

「わからぬな」

いったい、誰が七つ屋の身ぐるみを剝がすというのか。

気になる台詞だ。

「きっと、決着をつけにいったんです」

まず、まちがいあるまい。

ただ、決着をつける相手は七つ屋なのだろうか。

「あ」

勘兵衛の頭に、何かが閃《ひらめ》いた。

「鯉四郎、今宵の月は」

「十七夜の立待月ですが」

「十七夜か……くそっ、七里の伊左三が動くのは今夜だ」

「え」

「源七のとっつあんも、それと勘づいたにちげえねえ。急げ、伊左三の狙いは近江屋だ」

「されば、ひと足お先に」

「おう」

鯉四郎は脱兎《だっと》のごとく走りだす。

その背中を、銀次が追いかけた。

行き先は青山百人町、善光寺門前だ。

おきみを綾乃と仁徳に託し、勘兵衛もふたりの背中を追いかけた。

だが、両国の広小路を横切ったところで、ふと、足を止めた。

「ちがう。そっちじゃねえ」

くるっと踵《くびす》を返す。

——七面坂下の妾宅。

月音の台詞をおもいだしたのだ。

源七の声も聞こえたような気がした。

勘兵衛は神田川の縁まで走り、辻駕籠《つじかご》を拾った。

「担ぎ手は三人だ」

「へ、どちらまで」

「七面坂」

「旦那、江戸に七面坂はふたつありやすぜ」

駕籠かきの言うとおりだった。

ひとつは麻布十番にある本善寺の七面天女に因《ちな》む坂、そしてもうひとつは日暮里にある延命院の七面堂に因む坂だ。

方角がまるで反対なので、どちらかにきめねばならない。

勘兵衛に迷いはなかった。

「日暮里だ」

延命院横の坂道を下れば、蛍沢にたどりつく。

源七がなぜ、蛍のはなしをしたのか、ようやく合点がいった。

「急げ、酒手ははずむ」

「合点で」

半刻《はんとき》も経たぬうちに、駕籠は七面坂に着いた。

天空には、わずかに欠けた月がある。

周囲は寺ばかりで物寂しいところだ。

勘兵衛は駕籠を降り、坂下へ急いだ。

周囲は、ひっそり閑としている。

妾宅といえば黒板塀に見越しの松を連想したが、それらしい屋敷は見当たらない。

蛍沢までやってきた。

人影がひとつ、近づいてくる。

売るための蛍を採取している男のようだ。

手に提げた竹細工の虫籠から、光が溢《あふ》れていた。

「おい、待て」

呼びかけると、野良着姿の男はぎくっとした。

「怪しいものではない。ちとものを尋ねたい」

「へ、何でやしょう」

「このあたりに七つ屋の妾宅はないか」

「それなら、すぐそこでさあ」

「案内してくれ」

「お安い御用で」

風体《ふうてい》で同心とわかり、男は安心したようだ。

こちらに背中をみせ、俯き加減で歩きだす。

勘兵衛は蛍火に誘われ、古い平屋の正面までやってきた。

「これか」

「たぶん、そうだとおもいやす。偶に誰か来ていたみてえだし」

「わかった、ありがとうよ」

「へえ」

遠ざかる蛍火を見送り、勘兵衛は屋敷に迫った。

閂《かんぬき》の掛けられた表口はあきらめ、裏手にまわる。

横板の隙間《すきま》から、灯が漏れていた。

血腥《ちなまぐさ》い。

息遣いも聞こえてくる。

ここだ。

勘兵衛は勝手口の正面に立ち、えいとばかりに戸を蹴破った。

土間の埃が濛々《もうもう》と舞う。

「う……うう」

呻《うめ》き声のするほうへ、慎重に近づいてゆく。

囲炉裏の切られた板間の隅で、誰かが転がっていた。

「あ、とっつあん」

勘兵衛は駆けより、源七の肩を抱きあげる。

胸の狭間に深々と、出刃が突きささっていた。

心ノ臓まで達しており、鮮血がどくどく流れている。

刺されて間もないが、助かる見込みは万にひとつもなかった。

「しっかりせい」

源七が微《かす》かに目を開けた。

「だ、旦那……」

真っ青な丹唇が動いた。

「……き、来てくれたんですかい」

「あたりめえだろうが」

「へへ……ま、また、しくじっちめえやした……こ、これを」

源七は、震える左手で黒い房状のものを握っていた。

「かもじか。わかったぜ。とっつあんの言いてえことは、ようくわかった。かもじ屋が七里の伊左三なんだな」

源七はうん、うんと頷き、ふっと微笑んでみせる。

そして、微笑んだ顔のまま、こときれた。

「ようやった、大手柄だ」

勘兵衛は言いはなち、ほとけになった源七を板間に置いた。

「娘と孫を遺して逝きやがって、くそったれめ」

立ちあがり、短く経をあげ、外に飛びだす。

悪党はまだ、さほど遠くへは行っていないはずだ。

正体を見破られたはずはないと、高をくくっているにちがいない。

「とっつあん、待っててくれ。おめえの骨はかならず拾ってやる」

勘兵衛は、ぎりっと奥歯を嚙んだ。

八

心には寒風が吹いている。

勘兵衛は駕籠と猪牙《ちょき》を使い、さほど時をかけずに品川大木戸までやってきた。

弓なりの縄手に沿って旅籠《はたご》や茶屋の点々とするこのあたりは、むかしから七軒茶屋と称されている。

その一画に、かもじ屋はひっそり佇《たたず》んでいた。

「七繋ぎか」

おもうに、七里の伊左三という男は、七に因縁《いんねん》を感じているようだった。

七年前に盗みにはいったさきが牛込七軒寺町の七つ屋、しかも、その夜も文月十七夜であった。このたびも狙ったのは七面坂下にある七つ屋の妾宅、日付は七年前とおなじだ。さらには、世間の目を逃れるべく、かもじ屋を営んでいる場所は品川大木戸そばの七軒茶屋なのだ。

小菊殺しからはじまった一連の出来事が、勘兵衛の頭のなかでようやく一本の線に繋がった。複雑に絡まった糸玉が、瞬時に解けたような感覚にも似ている。

七年前、質屋から失踪した妾は、小梅であった。

小梅はあのときからずっと、伊左三と繋がっていた。

伊左三の言うがままに、悪事の片棒を担がされていたのだ。

目をつけた近江屋の隠し金は、小菊が在処《ありか》を知っていた。

おおかた、寝物語にでも聞いたのだろう。

そして、聞いたという事実だけを小梅は自慢げに告げられ、それを伊佐三に伝えたにちがいない。

金は青山百人町の近江屋ではなく、日暮里七面坂下の妾宅に隠されてあった。

伊左三としては、小菊から金の在処を聞きだせばよいだけのはなしだった。

七夕の前日、かもじ屋に化けた伊左三はまんまと目的を達した。

だが、小菊に疑いをもたれた以上、口を封じなければならぬ。

その役割を負わされた小梅にはまだ、良心の欠片《かけら》がのこっていた。

そうでなければ、みずから命を絶つという決断はできなかったろう。

哀れな女だ。伊左三に脅され、その怖さが身に沁みてわかっていた。

それゆえに、死の直前まで悪党の名前すらも口にできなかったのだ。

かもじで首を縊ったことが、せめてもの抵抗だったような気もする。

小菊は死に、小梅も死んだ。
しかし、疑念だけがのこった。
それを、元岡っ引きの意地が解いてくれた。
「とっつあん」
なぜ、ひとこと相談してくれなかったのか。
勘兵衛は、詮無いことをおもった。
自分の尻は自分で拭くと、源七なら応えるだろう。
青山百人町で飲んだとき、もっと追及すべきであった。
あのとき、源七はすでに、獲物の動向をつかんでいた。
七つ屋を下調べにきた伊左三の動向を追っていたのだ。
どれだけ伊左三がうまく化けようが、鬼源の目だけはごまかせなかった。
天の神様がふたりに決着をつけさせようとしたのだと、勘兵衛はおもう。
かもじ屋は目のまえにある。
表口の板戸に耳をつけると、人の気配が感じられた。
伊左三は、なかにいる。
裏手にまわり、開いたままの勝手口に忍びこんだ。

内側は真っ暗だが、勘兵衛は夜目が利く。
「ぬうっ、くそっ」
表のほうから、悪態が聞こえてきた。
ぶっと、焼酎を吹いている音もする。
獲物は手傷を負っているのだ。
勘兵衛は、じりっと迫った。
相手は逃げ足が早い。勘づかれたら仕舞いだ。
爪先を躙りよせるたびに、頬を伝って流れた汗が顎《あご》のさきから落ちる。
ほんの少しすすんでは、聞き耳を立てた。
すぐさきに、獲物の背中がみえた。
胸に晒布《さらし》を巻いているところだ。
「うっ」
晒布を巻く手が止まった。
勘兵衛の影が背後に迫る。
「伊左三」
声を掛けても、悪党は固まったままだ。

「動くんじゃねえ」

「だ、誰でえ」

「誰だっていい」

「鬼源の仲間か」

「とっつあんを鬼源と呼ぶ悪党は、おめえしかいねえかもな」

「よぼの爺になっても、鬼源は鬼源さ」

「出刃で斬られたのか」

「ああ、胸をな。あの野郎、おれを斬った途端、血を吐きやがった。そうじゃなきゃ、おれは今頃、あの世行きさ」

「さすがはとっつあんだ」

「くそっ」

伊左三は匕首を握り、ぐいっと首を捻《ねじ》った。

「莫迦め、動いたな」

刹那《せつな》、勘兵衛の十手が脳天に落ちた。

「ぬひぇっ」

蟾蜍《ひきがえる》が潰れたような声をあげ、悪党は板間に落ちた。

捕り方の習性で、手加減をしてしまった。

伊左三はすぐに意識を取りもどし、低く唸りながら板間に這《は》いつくばった。

「往生際の悪い野郎だ」

勘兵衛は馬乗りになり、悪党の右腕を捻りあげた。

「うえっ、い、痛え」

「じたばたするんじゃねえ」

早縄で後ろ手に縛り、ほっと溜息を吐く。

「七里の伊左三、おめえにゃ土壇がお似合いだ」

「けっ、臨時廻り風情めが」

獄門首を約束された盗人は、臭い屁《へ》をすかすように憎まれ口を叩いた。

九

数日後。

子を背負ったおきみが、戸惑った様子で八丁堀にやってきた。

「御奉行所のお役人さまから、今朝ほど、青緡《あおざし》五貫文のご褒美を頂戴いたしました。頂戴するわけにはまいりませぬと申しあげますと、これは御奉行の根岸肥前守さま直々のご褒美なのだぞとお叱りになられ、すべての事情は長尾勘兵衛さまにお尋ねするようにとのおはなしでした。これはいったい、どうしたわけなのでしょう」

青緡五貫文は一両一分、一両判一枚と一分金一枚で済むところを、わざわざ青緡で結んだ波銭《なみせん》を下賜することになっている。

穴の開いた波銭の数は千二百五十枚、これが百枚ごとに緡《さし》で結んだ簾《すだれ》となり、貧乏人に下げわたされるのである。頂戴した者もそれを目にした者も、親孝行の重み、ありがたみを肌で感じることになる。

「天下の極悪人を捕まえた謝礼金さ。そいつが親孝行代と同じ額なのだ。なにせ、源七は可愛い娘と孫のために命を張った。おめえらふたりがいなけりゃ、あれだけのことは成し遂げられなかっただろうよ。何もせずに生きながらえる手もあったが、そいつだけは鬼源と呼ばれた男の矜持《きょうじ》が許さなかったのだ」

「勝手です。死んじまうなんて、おとっつあんは身勝手です」

「おれもそうおもう。でもな、とっつあんはこう言ったぜ。しっかりした娘のおかげで、最後にひと花咲かせることができたってな。おめえは親孝行をしたのさ。だから、その金は堂々と貰っておけ」

「でも」

「何も言わずに貰っておけ。それがとっつあんへの供養になる。それからな、おめえにひとつ頼みてえことがあるんだ」

「何でしょう」

「閻魔長屋の大家、善次郎といったろう。あいつが世話好きな男でな、木戸番の爺が惚《ぼ》けちまったんで、どうにも困っているらしい。誰か気の利いた手伝いを探してほしいと頼まれてな。勝手に、おめえを薦めちまった」

「旦那」

「こぶつきでも、いっこうに構わねえらしい。閻魔長屋の連中なら、まんざら知らねえ仲でもあるめえ」

「そりゃそうですが」

「明日から住みこみで来てほしいとよ」

「そんな、できません」

「何も意地を張ることはねえ。坊のためにもな。こいつはぜんぶ、とっつあんの人徳がなせるわざだ。おれのできることは、このくれえしかねえ」

「旦那……あ、ありがとう存じます。この御恩は、けっして忘れません」

「おきみ、それはこっちの台詞だ。とっつあんにゃ、ほんとに世話になった。でえじな娘と孫をほったらかしにしたら、あの世でどやしつけられる。そうなったら、かなわねえからな。さあ、行け」

闇の帳《とばり》が下りた庭先に、蛍が一匹、ふらふらと迷いこんできた。

尻尾を弱々しく光らせながら、八の字を描くように落ちてゆく。

夜露に濡れた地に落ちてもなお、呼吸をするように光っている。

「とっつあん……無理しやがって」

勘兵衛は団扇《うちわ》を揺らしながら、ぐすっと洟《はな》を啜《すす》りあげた。

むくげの花

一

立春から数えて二百十日の暴風がようやく実った稲穂を薙《な》ぎたおし、江戸の湿気をごっそり運びさってしまった。

陽射しは強く、じっとしていても汗ばむほどだ。

「颱風《たいふう》一過、光風霽月《こうふうせいげつ》か」

勘兵衛は安物の扇子をばたばたさせながら、神楽坂上にある毘沙門《びしゃもん》堂脇の自身番に顔をみせた。

「ひょっこらしょ」

襟元《えりもと》をだらしなくゆるめ、上がり端に腰を降ろす。

すかさず、気の利く番太郎が麦湯を出してくれた。

「どうぞ、うぽっぽの旦那」

「お、すまぬな」

番太郎の背後から、人懐こそうな小太りの大家が口を挟む。

「ご経験豊かな長尾勘兵衛さまに、是非ともご相談に乗っていただきたく、朝一番からお待ちしておりましたよ」

「そうではなかろう。昼餉《ひるげ》に名物の正直蕎麦《そば》でも食おうとおもい、毘沙門さんのまえを通ったら、ほれ、そこの番太郎に声を掛けられた。困っているので助けてほしいとな。わしは偶《たま》さか蜘蛛《くも》の糸に掛かった弱り虫、ちがうか」

「旦那もおひとがわるい、あんまりいじめないでくだされ」

「まあよかろう。して、例の浪人者は障子戸の向こうに」

「おります」

「何でも、秋田藩の馬廻役までつとめた人物とか」

「それはどうですか、じつはこれもんでして」

人家は、白髪まじりの八の字眉《まゆ》に唾《つば》をつけてみせる。

「お借りした人別帳によりますれば、姓は牛島《うしじま》、名は丑之介《うしのすけ》、出羽秋田郡の出身で三十七歳とございます。道を渡った向こう側、行元寺《ぎょうがんじ》の裏手にある久兵衛店《きゅうべえだな》にて、九つの子息と二人暮らし……ええと、住みはじめたのは五年ほどまえからですな。扇子の下絵描きなぞで生活《たつき》を立てておると聞きました。申しおくれましたが、請人《うけにん》は店主の久兵衛にございます」

「なるほど」

勘兵衛は扇子をぱちんと閉め、すぐに開く。

扇表に描かれた絵柄は、薄紅色の五弁花だ。

「それは、むくげの花ですな。何ともいい味を出しておる。ふうむ、骨董屋で目にしたことがありますぞ。蘭画です」

「蘭画」

「ええ、どこだかの蘭画でした。たいへん高価な代物で」

「この扇子は安物だぞ」

「さようですか。なれば、わたくしの見たて違いでしょう」

「扇子のはなしはどうでもよい。それで、まことなのか。行元寺の裏山を掘りくずし、土を売ろうとしたというはなしは」

「掘りすぎたあげく、土砂崩れの下敷きになりかけたのです。まったく、とんだ間抜け侍があったものですよ」

「いくらなんでも、間抜け呼ばわりはまずかろう。腐っても鯛、うらぶれても武士、虚仮《こけ》にしたらあとが恐いぞ」

「ご心配にはおよびませぬ。朝未《まだ》き、自身番に運ばれてきたときから、ずっと眠りこけております」

なるほど、耳を澄ましてみると、障子戸越しに寝息が聞こえてくる。

「旦那、どうしたものでしょうかね。この場で叱って帰すか、それとも、大番屋送りにしてやるか」

大番屋送りになったら、当面は娑婆《しゃば》の空気を吸えなくなる。たかが士とはいえ、寛永寺の末寺でもある行元寺の土を売ろうとしたのであれば、軽くても江戸十里四方払い、重ければ切腹を申しつけられる恐れもあろう。

それがわかっているだけに、大家はみずから判断しかねているのだ。

「なにせ、お子を抱える身ですから」

「そうであったな」

「まだ九つの坊やです」

「妻女は」

「詳しくは存じませぬが、だいぶ以前に亡くなられたご様子で。噂《うわさ》では一日も欠かさず、陰膳をすえておられるとか」

「ふうむ、男手ひとつで子を育てておるのか」

「そうなりますな」

聞けば聞くほど、厄介な相手だ。

勘兵衛は、重い溜息《ためいき》を吐《つ》いた。

「ともかく、はなしをしてみよう」

「お願いいたします」

障子戸を開けると、縦も横も大きい男が涎《よだれ》を垂らしながら眠っていた。

「名は体をあらわすというが、まことだな」

勘兵衛は近寄り、牛島の厳《いか》つい肩を揺すった。

「おい、起きろ」

いくら揺すっても、目を開ける気配はない。

次第に怒りが込みあげてきた。

「こいつめ」

平手でおもいきり頬を張る。

男は薄目を開け、蚊を払うような仕種をした。

「おい、牛島丑之介」

耳許で怒鳴ってやると、胡乱《うろん》な眸子《まなこ》をむけてくる。

「ふわああ」

両手をあげて欠伸《あくび》をし、ぶっと屁《へ》を放った。

「臭っ」

鼻を摘んで逃げだすと、太い声を漏らす。

「ここはどこだ」

「毘沙門堂脇の自身番だよ」

「おぬしは」

「臨時廻りの長尾勘兵衛だ」

「臨時廻り」

「ああ。幕臣か陪臣なら関わりはもたぬところだがな、言っちゃわるいが、おまえさんは九尺店に住む食いつめ者。何か事をやらかしたら、おれたち町奉行所《まちかた》の出番というわけさ」

「何かやらかしたのか、わしが」

「とぼけるな、行元寺の裏山を掘りくずしたであろうが」

「ああ、それか」

「おまえさん、生き埋めになりかけたのだぞ」

「生き埋めに……そうか、おもいだした。中途で邪魔がはいったのだ。土留めの仕上げをしておったとき、寺男どもが騒ぎだし、夜盗呼ばわりされてな。おまけに、莫迦《ばか》どもは掘った穴の淵まで駆けのぼってきよった。刹那《せつな》、どおっと土が崩れたのよ。たしかに、あのとき、わしは生き埋めになった……で、助かったのか」

「ここがあの世にみえるか」

「おぬしは閻魔《えんま》ではなさそうだ。助けてくれた連中に礼を言わねばなるまい」

牛島は尻を浮かせ、うっと呻《うめ》いた。

「怪我でもしたのか」

「腰の筋をちがえたらしい。たいしたことはなさそうだ」

「世話の焼けるやつだな」

勘兵衛が肩を貸そうとすると、牛島は怒ったように吐いた。

「他人に世話を焼かれるつもりはない。久兵衛店は道ひとつ隔てた向こう。ひとりで帰れるわい」

「そうはいかぬ。ひととおりは、調べさせてもらわぬとな」

「どうして」

「おまえさんは土を売ろうとした。そう、訴える者もおる」

「なに、土を。誰がそんな戯《ざ》れ事を」

勘兵衛は応えず、大家をちらりとみた。

大家は肩をすくめ、自分も知らないという。

「どこかのお武家さまらしいですよ」

と、番太郎が横から口を挟んだ。

勘兵衛はじっくり頷《うなず》いてみせる。

「誰が言ったかはともかく、土の売り先ならいくらでもあるぞ」

江戸湾に面した海岸際は埋めたてがすすみ、土均《なら》しや作事を請けおう黒鍬《くろくわ》組は大量の土砂を欲しがっていた。

「ふん、莫迦らしい」

「莫迦らしくとも、調べねばならぬ。裏山まで案内してもらおう」

「勝手にするがいい」

不安げな大家と番太郎をのこし、ふたりは自身番を出た。

牛島は厳《いか》つい背をまるめ、大股でのっそりとさきを行く。

神楽坂上の道を横切れば行元寺門前、横町に一歩踏みこめば、安っぽい化粧の匂いがただよってくる。江戸に四十数箇所はあるという隠し町のなかでも、行元寺から赤城明神にかけての一帯はことに名が知られていた。

おそらく、店主の久兵衛も貧乏長屋の住人たちも、隠し売女に関わりのある連中にまちがいない。そうした長屋に住むことを許された浪人者は、たいていは用心棒を任されている。

だが、子持ちの用心棒など、勘兵衛は聞いたことがない。

「妙な男だ」

人を惹きつける何かをもっている。

それが何なのか、探ってみるのもわるくない。

廻り方の楽しみは、奇妙な相手に出くわすことでもある。

勘兵衛は常日頃から、そんなふうにおもっていた。

二

くうっと、腹の虫が鳴いた。

ふたり同時に鳴らした理由は「正直蕎麦」という招牌《まねき》にある。

「まいろうか」

牛島は返事も聞かずに足をむけ、暖簾《のれん》を振りわけた。

「親爺、蕎麦をくれ、山盛りでな。それから、冷や酒も頼む」

矢継ぎ早に注文し、床几《しょうぎ》にどっかり座る。

さっそく、酒がきた。

「よし、飲ろう」

拒む理由はない。

注がれた酒を干し、二杯目もくっと呷《あお》る。

蕎麦がきた。笊《ざる》に山盛りだ。

黙りこくったまま、蕎麦を肴《さかな》に酒を飲む。

牛島は手酌でぐいぐい飲み、追加の酒を注文した。

「いける口だな、おまえさん」

「生まれ故郷では底無しの笊と呼ばれておったが、そいつはむかしのはなしだ。ちかごろは手許不如意でな、好きな酒にもありつけぬ」

「一銭もないのか」

「ぬへ、この恰好をみりゃわかるだろ」

牛島は色褪《いろあ》せた着物の袖《そで》をもち、奴《やっこ》のように戯《おど》けてみせる。

「馳走してくれぬか。不浄役人なら、この程度は痛くも痒《かゆ》くもあるまい」

「図々しいやつめ」

あっけらかんとしているので、怒りも湧《わ》いてこない。

牛島の目の縁が、ほんのりと赤く染まりだした。

「わしが裏山を掘った理由、教えてやろうか」

「ああ」

「野分けのときの大雨で、裏山の土がゆるんでおった。急いで土留めをせねば、長屋が一棟丸ごと潰《つぶ》される恐れがあったのさ」

「ほほう、長屋を災禍から救ったと」

「ま、そうなるな。長屋の連中はわしに感謝せねばなるまい。くそっ、途中で邪魔がはいらねば、完璧な仕事ができたはずなのに。それだけが心残りでな……おや、信じぬのか。土留めの箇所を黒鍬組の者にでも検分させれば、すぐにわかることだ。ただ、素人目にわかるかどうか」

「おまえさん、素人ではないと」

「まあな。わしは五年前まで、秋田藩佐竹家二十万五千石の砂留役《すなどめやく》をつとめておったのよ」

「砂留役」

そうした役目のあることをはじめて知った。

秋田藩は日本海に面して広大な領地をもちながら、深刻な塩害のせいで稲のできが芳しくない。放っておいたら新田の開墾《かいこん》もできないため、海岸に沿って砂防林を築くという案が浮上した。これを実行に移すべく、砂留役という役目が設けられたのだ。

ひとくちに砂防林を築くといっても、並大抵の努力では日の目を見ない。

潮風に強い茱萸《ぐみ》や柳の苗木が植えられたものの、思惑どおりに育たず、企《くわだ》ては絵に描いた餅と化していた。

「ひとまずは、山本郡八森村から秋田郡野石村にかけての十ヶ村、約十四里の海岸を松林で埋める。それがわしの描いた青図、いや、夢といっても過言ではない。かならずや日の目を見る夢であった。目処《めど》は立っていたのだ」

海岸に並べた横柵に莚《むしろ》や古草履を吊して垣根とし、後方に茱萸と柳の苗木を植える。苗木の一部は烈しい風砂と極寒に耐え、見事に育った。あとは様子を眺めながら、徐々に松苗を植えてゆけばよかった。

「さすれば、数年ののちには強固な砂防林ができあがり、海岸寄りの村々も蘇生《そせい》するはずであった」

ところが、牛島は拠所《よんどころ》ない事情から藩を逐《お》われ、夢を果たすことができなかった。

「ま、江戸の不浄役人に聞かせても、詮無《せんな》いはなしかもしれぬ。いやあ、食った食った。存外に美味《うま》い蕎麦であったな。さ、まいろうか」

勘兵衛は小銭を床几に置き、微酔《ほろよ》い気分で見世を出た。

前方を行く牛島は、腰をふらつかせている。

けっこう飲んだ。もう、どうでもよい。

裏山を検分する気など、疾《と》うに失せていた。

「長屋は隠し町のただなかにある。背中で裏山と繋《つな》がっておってな。ま、勝手に従《つ》いてくるがよい」

言われたとおり、朽ちた木戸を抜け、どぶ板のうえを歩いた。

井戸端で洗濯をする嬶《かか》ァ、立ち話をしている年寄りたち、駆けまわる洟垂《はなた》れども、どこにでもあるような貧乏長屋の光景だが、貝髷《ばいまげ》に結った安女郎のすがたもちらほらみえる。

勘兵衛が十手持ちだと気づいた途端、そうした連中は背をむけ、家のなかに閉じこもった。女たちはみな、警動《けいどう》と呼ぶ一斉取締で一度や二度は痛い目にあっている。岡場所の女にとって、十手持ちは天敵なのだ。

抜け裏の手前には朱の剝《は》げかかった稲荷の鳥居がみえ、煤《すす》けた部屋のひとつから線香が立ちのぼっている。

牛島は腰帯から大小を抜き、大声を張りあげた。

「寅之介《とらのすけ》、戻ったぞ」

戸口から覗いてみると、上がり端に涙目の町娘が座っていた。

娘の膝には、利発そうな前髪置きの子どもがちょこんと座っている。

牛島の一子、寅之介だった。

「何をしておる」

父親に一喝され、寅之介は娘の膝から飛びだした。

板間に三つ指をつき、大人びた口調で殊勝な台詞《せりふ》を口走る。

「父上、お戻りなされませ。ご無事でなによりにござります」

ずいぶん躾《しつけ》の行き届いた子のようだ。

勘兵衛は心底から感心した。

町娘が、怒ったように喋《しゃべ》りだす。

「牛島さま、今までどこにいらしたのです」

「知らなんだのか、毘沙門堂脇の自身番に運ばれておったのさ」

「存じませんでした。小石川の養生所に担ぎこまれたのだとか、小伝馬町の牢屋敷に繋がれてしまったのだとか、まだ土に埋まったままだとか、みんな仰《おっしゃ》ることがてんでんばらばらで捜しようもありません」

「久兵衛店には阿呆どもが揃っておるからな。まあ、気に掛けずにいてくれるほうが気楽でよい」

「そうはまいりませぬ。寅坊がひとりのこされたら、どうなさるおつもりです」

「そのときはそのとき、ひとりで生きてゆけぬようなら、野垂れ死にするしかあるまい」

「なにを仰います。それではあまりに可哀相です」

「町娘にはわからぬ。武士の子とはそうしたものだ。生まれつき、死を覚悟しながら生きねばならぬのよ。ふん、小娘相手に説教してもはじまらぬか」

牛島は月代《さかやき》の伸びた頭を掻《か》き、娘から目を逸らす。

「紹介しよう。表通りに店を構える扇問屋の次女でな、名はおそめ、娘というても出戻りだ」

「あら、出戻りで悪うござんしたね」

おそめは、ぷいと横をむく。

年は二十歳を越えたあたりか。

さっぱりした気性のようで、牛島を好いているのはすぐにわかった。

「なあに、ちょいとした縁で知りあってな」

一年前のとある晩、毘沙門堂に詣ったところ、おそめは酒に酔った半端者どもに襲われた。裏手の笹藪《ささやぶ》に連れこまれ、乱暴をはたらかれる寸前、偶さか悲鳴を聞きつけた牛島に救われたのだ。

牛島は見返りを期待したわけではないが、扇子の下絵描きという割りの良い内職を世話してもらった。爾来《じらい》、おそめは気兼ねもせず、ちょくちょく裏長屋に顔をみせるようになり、今では切っても切れない間柄になっている。

寅之介もよく懐いている様子で、周囲はふたりの仲をやきもきしながら眺めているのだが、肝心の牛島にその気はない。茫洋《ぼうよう》とした性分ゆえか、何を考えているのかわからないのだ。

勘兵衛は上がり端に座り、おそめの淹《い》れた番茶を啜《すす》った。

牛島は部屋の隅に座り、扇表にせっせと絵を描きはじめる。

むっつりした顔で筆を走らせ、その作業だけに没頭している。

寅之介はとみれば、書見台のまえに正座し、ぼろぼろになった往来物を読んでいた。

おそめが囁《ささや》きかけてくる。

「旦那、牛島さんは見掛けに寄らず、器用でいらっしゃいましてね。楊枝《ようじ》削りや虫籠《むしかご》作りもお上手なのですが、何といっても絵心がおありでした。わたしが見抜いたのですよ。扇の下絵描きをやってもらえれば、うちのお店も助かるし、手間賃もお支払いできるし、一挙両得でしょ」

見掛けはふっくらした可愛らしい娘だが、芯はしっかりしている。武家娘のようにお高くとまったところもなく、粋筋の女のようにくずれたところもない。元亭主の浮気が原因《もと》で嫁ぎ先から出戻ったと聞き、勘兵衛は納得した。

土間の隅に置かれた笊には、干した露草がどっさり積んである。

「下絵には露草を使うのですよ。友禅染の下絵と要領はおなじ、布と和紙のちがいだけ」

薄墨のようにみえる露草の搾《しぼ》り汁は褪色《たいしょく》しやすいので、下絵描きには欠かせないものらしい。

勘兵衛は仕上がった扇子を一枚手に取った。

「五本骨扇に月丸か」

「さよう、佐竹家の家紋さ」

牛島が顔もあげずに応じた。

「ふふ、わしは扇に縁があるのかもしれん」

この時節、牛島が題材として好んで描くのは、むくげの花であるという。

「むくげの花」

「こちらですよ」

おそめが胸もとから、すっと一本抜いてみせる。

静かに開くと芳香が匂いたち、底紅《そこべに》の淡い五弁花が一輪、たったいま扇に散ったかのごとく浮かびあがった。

「わたしのお気に入りなんです」

勘兵衛は少し驚いてみせ、自分の扇子を開いてみせた。

「わしの扇子にもほれ、むくげの花が」

「まあ、それは牛島さまが描かれた花ですよ」

「これも縁だな」

牛島は絵付けの手を止めず、嬉しそうにうそぶいてみせる。

「人の一生は一朝の夢、それがわしの好きなことばでな」

安物の扇に一日花を描くことで、果たせぬ夢の虚しさを紛らわせているのか。

狭苦しい部屋の奥には仏壇が設けられ、古びた位牌のまえには線香が焚かれていた。

「それは、ご妻女か」

「ふむ、五年前に逝きおってな。わしが留守にしておるときは、寅之介がああして線香をあげ、陰膳をすえておる」

おそめは涙目になり、ぐすっと洟を啜る。

勘兵衛は、しんみりした気持ちにさせられた。

三

裏山の土砂崩れを検分しても、土留めの痕跡はみつけられなかった。

やはり、素人目に真偽のほどはわからない。騒いだ寺男たちに聞いても埒《らち》はあかず、牛島を墓荒らしと見誤ったことだけはわかった。土を売ろうとしたかどうかも、はっきりしない。少なくとも、寺男たちは土泥棒とはおもっていないようだ。とすれば、誰かが悪意から吐いたことかもしれぬ。「どこかのお武家さまらしい」という番太郎の台詞が気になった。

道端に映る影が長く伸びている。

久兵衛長屋の木戸を抜け、ふと、勘兵衛は立ちどまった。

山手の寝子《ねこ》、略して「山猫」と通称される白塗りの私娼が、天水桶《てんすいおけ》の陰にむかって声をかけている。

「あら旦那、かくれんぼかい。あたしを買っとくれよ、安くしとくからさ」

勘兵衛はその声を聞き、さっと塀際に隠れた。

天水桶の陰から痩《や》せた人影が飛びだし、慌てた様子で神楽坂を下ってゆく。

ひょいと覗いてみると、身なりのきちんとした月代侍だった。

追ってみるか。

捕り方の習性だ。

「あ、ご勘弁を」

山猫が勘兵衛をみつけ、露地の吹きだまりに逃げた。

そちらには目もくれず、痩せた男の背中を追う。

急坂を下りきり、神田川に沿って東にすすんだ。

月代侍は、小石川の船着場から小舟に乗った。

尾行を警戒してのことだろう。水路を選ぶとは慎重な男だ。

「逃すかい」

勘兵衛も船頭を呼びよせ、小舟に飛びのった。

何艘もの舟や艀《はしけ》が行き交い、人や物を運んでいる。

川面《かわも》は夕陽を煌《きら》めかせ、水脈《みお》までが紅く染まっていた。

前方の小舟は和泉《いずみ》橋を抜け、新《あたら》シ橋の根元に舳先《へさき》を寄せた。

「船頭、汀《みぎわ》にむかえ」

「へい」

船頭に無理を言って浅瀬にむかわせ、桟橋の手前で陸にあがる。

土手のうえに駆けあがって見渡しても、男のすがたはなかった。

「見失ったか」

いや、いる。

痩せた人影が向柳原《むこうやなぎはら》大路を歩いていた。

「しめこの兎《うさぎ》」

と漏らし、勘兵衛は駆けだした。

男は半町ばかりさきを、早足に歩いてゆく。

大路の左右には武家屋敷の海鼠塀《なまこ》がつらなり、北にまっすぐむかえば、右前方に三味線堀がみえてくる。

手足の長い痩せた後ろ姿は柳並木のつづく堀端をすすみ、道が鉤《かぎ》の手に曲がったあたりで、ふいに消えた。

「おっと」

勘兵衛は尻端折り《しりっぱしょ》で土を蹴る。

たどりついた場所に人影はない。

左手に聳《そび》えたつのは豪壮な長屋門だ。

「あっ」

はかでもない、佐竹右京太夫の上屋敷であった。

すると、あの月代侍は佐竹家の家臣だったのか。

それがわかっただけでも、よしとするしかない。

あきらめて踵《くびす》を返せば、佐竹屋敷の甍《いらか》に夕陽が沈んでゆくところだ。

勘兵衛は六尺棒を手にした門番に会釈し、鉤の手の南まで戻ってきた。

左手は昏黒となりゆく三味線堀、右手には鼠色の海鼠塀がつづいてゆく。

逢魔刻《おうまがとき》ということばが、脳裏に浮かんだ。

何本目かの柳を斜《はす》に眺めて通りすぎたとき、人の気配がちらりと動いた。

「誰だ」

声を投げかけると、目つきの鋭い侍が柳の陰からあらわれた。

痩せてひょろ長い手足、さきほどの月代侍にまちがいない。

「不浄役人め、わしを跟《つ》けたな」

「気づいておったか」

「あたりまえだ。そっちの狙いを質すために誘ったのよ。おぬし、名は」

高飛車な態度に、むっとしながら切りかえす。

「礼儀を知らぬ男だな、自分から名乗れ」

「偉そうに」

「そっちは佐竹家の勤番か」

「さあな」

「わしは長尾勘兵衛、南町奉行所の臨時廻りだ」

「素直に吐いたな。牛島丑之介との関わりを申せ」

「昼間に知りあったばかりだよ」

「嘘を吐け。あやつは昨夜、公儀の法度《はっと》に触れることをやらかした。にもかかわらず、お咎《とが》めもなしに解きはなちにされた、おぬしの裁量でな。妙ではないか。なぜ、牛島の肩をもつ」

「ほほう、詳しい経緯を知っておるではないか。ひょっとして、あの男を土泥棒に仕立てあげようとした張本人か」

そうにちがいない。牛島を監視していたのだろう。

「五年前に藩籍を離れた者の様子を窺《うかが》うとはな、よほどの理由があるとしかおもえぬ」

「不浄役人め、何を企んでおる」

「企みなどないさ。勝手に誤解されては困るな」

「益々もって怪しいやつ。おぬし、牛島に事情を聞いたのであろう。謀反人《むほんにん》の戯れ事を真に受けて助太刀でもするようなら、不浄役人といえども容赦はせぬぞ」

「謀反人だの助太刀だのと、穏やかではないな」

「穏やかにおさめるつもりなぞ、最初からないわさ」

男は腰を落とし、大刀の鯉口《こいぐち》を切った。

「ほほう、十手持ちを斬る気か。性根を据えて掛からねば、後悔するぞ」

「後悔するのはどっちかな。小太りの臨時廻りめ、まともに立ちまわりができるのか。ほれっ」

男は一歩踏みこんで胸もとで抜刀し、斜交《はすか》いに薙ぎあげてくる。

勘兵衛は仰《の》けぞって躱《かわ》し、弾かれたように後方へ跳ねた。

背中からゆっくりと、朱房の十手を引きぬいてみせる。

「てめえ、居合を遣うのか」

「さよう、林崎夢想流の免許皆伝よ」

「刀がやたらに長いな」

三尺余りの刀身がおさまった鞘《さや》を、男は胸もとまで垂直に抜きあげた。

そして、鞘を引きつつ、一気に抜刀したのだ。

「当流の秘伝、卍抜けよ」

「ふん、莫迦らしい」

「ほざいておれ、つぎは外さぬ」

男は長尺刀を黒鞘におさめ、爪先で躙《にじ》りよってくる。

もはや、地べたに影はない。

あたりは暗く沈み、しんと静まりかえっている。

勘兵衛はじりじりと後退し、柳の幹を背に抱えた。

柳の背後は三味線堀、水面は鏡のように沈黙している。

ぱしゃっと、鯉が跳ねた。

「ふりゃ……っ」

男は間合いを詰め、長尺刀を垂直に抜きはなつ。

胸もとに閃光《せんこう》が走り、一直線に切先が迫った。

中段から咽喉《のど》を狙った必殺の突き。

だが、勘兵衛は太刀筋を見極めていた。

寸前まで動かず、鬢《びん》を削らせるほどの至近で躱す。

——ぶん。

無反りの刃が唸《うな》りあげ、柳の幹に突きささった。

「うくっ」

抜けぬ。刀身が震えている。

「ふん」

刹那、勘兵衛は十手を逆落としに振り、刀の平地をちからいっぱい叩きつけた。

「うえっ」

男は強烈に痺《しび》れた右手を柄《つか》から放し、よろけるように後ずさる。

刀は棟区《むねまち》で折れていた。

「くそっ、おぼえておれ」

口惜しげな捨て台詞をのこし、月代頭が闇の向こうに消えてゆく。

「口ほどにもねえ野郎だな」

勘兵衛は唾を吐き、十手を背中の帯に差した。

それにしても、牛島の抱える「事情」とやらが気に掛かる。

もちろん、秋田藩内部の揉《も》め事に首を突っこむ権限はない。

だが、男の漏らした「謀反人の戯れ事」を聞いてみたくなった。

四

関わりをもたないという手もあったが、牛島のことが気になって仕方ない。

一日おいて頭を冷やし、勘兵衛は行動に移った。

ともかく、牛島に会って事情を質してみようとおもったのだ。

乳色の朝靄《もや》がたちこめるなか、牛込御門前から神楽坂をのぼる。

急坂の途中で若い棒手振《ぼてふ》りに出くわし、おもわず、呼びとめた。

「おい、何かくれ」

「へい。鱸《すずき》に鯒《こち》、鯵《あじ》に鯖《さば》、黒鯛なぞもごぜえやすが」

「よし、黒鯛をもらおう」

「まいど」

　銭を払うと、棒手振りは大目に釣りを寄こす。

「へへ、旦那方にゃお世話になっておりやすんで」

「そうか、すまぬな」

　勘兵衛は活きの良さそうな黒鯛をぶらさげ、行元寺の門前までやってきた。

　葦簀《よしず》張りの出店をひやかし、安酒のはいった一升徳利と団子を買いこむ。

　黒鯛と酒は牛島へ、餡《あん》入りの団子は寅之介への土産だ。

　どうしてここまで気を遣うのか、自分でもよくわからない。

　久兵衛店の木戸をくぐると、長屋全体が何やら殺気立っている。

「どうしたのだ」

　老婆に訊《たず》ねても、首を振りながら部屋に逃れてゆく。

　不吉な予感にとらわれたまま、どぶ板を踏みつけた。

　牛島の部屋のまえに、隣近所の連中が集まっている。

「おい、どうした」

勘兵衛は人垣を掻きわけ、敷居のまえに立った。

畳に敷かれた褥《しとね》のうえに、寅之介が寝かされている。

悪夢にでも魘《うな》されているのか、息苦しそうにみえる。

かたわらで世話を焼いているのは、町娘のおそめではなく、天水桶のところで目にした白塗りの女だった。

「おぬしは」

「山猫でござんすよ。たけっていいます」

「久兵衛店に住んでおるのか」

「ええ、牛島の旦那には恩がありましてね。いちど酔客にからまれたとき、命を助けてもらったことがあるんですよ。それより旦那、たいへんなことになっちまった」

「何があった」

昨晩、物々しい月代頭の連中が長屋にあらわれ、寅之介を拐《かどわ》かそうとしたのだという。

「牛島さまはお留守、縄暖簾かどこかに行っていらしたんでしょ。偶さか居合わせたおそめちゃんが、大きな声を出したんです。長屋のみんなが家から飛びだしてきましてね、月代頭の連中は慌てたのか、おそめちゃんをさらっていっちまったんですよ」

「何だって」

おそめは当て身を食わされ、木戸の外で待っていた駕籠《かご》に押しこめられた。

「牛島の旦那は暢気《のんき》に朝帰り、事情をおはなしすると慌てもせず、わかったと、ひとこと仰いました」

「仰って、それからどうした」

「どこかへ行っちまいましたよ。つい、今し方のはなしですけど」

「そうか」

勘兵衛は黒鯛をぶらさげたまま、思案顔で佇《たたず》んだ。

牛島はおそめをさらった相手の正体も、連れていかれたさきもわかっている。

「佐竹の上屋敷だな」

相手の狙いが自分の命にあることを、牛島は察したはずだ。

尋常ならざる覚悟のもと、上屋敷へおもむいたにちがいない。

「おたけ、寅之介の様子はどうだ」

「当て身を食らっちまったからね。でも、平気ですよ。わたしが面倒みておりますから」

「よし、頼むぞ」

勘兵衛は一升徳利と団子を上がり端に置き、職人風の野次馬に黒鯛を手渡した。

「坊主に食わせてやってくれ」

「へ、へい」

ふわっと袖をひるがえし、油障子に背を向ける。

「旦那、どちらへ」

おたけが裸足《はだし》で土間に降り、首を差しだした。

勘兵衛は手を振って応えず、どぶ板を踏みつける。

臭い泥が撥《は》ね、裾《すそ》を汚した。

構わず、どぶ板を踏みつける。

さて、どうやって、ふたりを救いだすか。

良い思案も浮かばぬまま、勘兵衛は木戸を擦りぬけた。

五

いましも、雨が落ちてきそうな雲行きだ。

背には三味線堀、眼前には佐竹屋敷の正門が屹立《きつりつ》している。

勘兵衛は意を決し、しかるべき役職の藩士に面会を求めた。

門番としても、相手が十手持ちだけに粗略にはあつかえない。

しばらく待たされたのち、表玄関まで案内してもらえることになった。

正門の敷居を踏みこえると、左手の庭につづく背の高い籬《まがき》にむくげの花が咲きみだれていた。

もしかしたら、牛島もこの花を目にしたのかもしれない。

それと気づいた途端、重い気持ちにさせられた。

牛島の記憶にあったのは、かつて仕えた藩邸の正門脇に咲く花だった。

自分でも気づかぬうちに、その花を好んで描くようになったのではあるまいか。

勘兵衛は、しまりのない牛島の顔を浮かべてみた。

あれは、夢を打ちくだかれた者の顔なのだとおもった。

武士の面目を捨て、ただ、漫然とその日を暮らしている。

浪々の身となった男からは、大志の片鱗《へんりん》も見出すことはできない。

だが、牛島はあきらめきれずにいる。

故郷の海岸に砂防林を築くという夢に、強い未練を感じているのだ。

いちどは夢をみさせてくれた藩へのおもいが、ああして、むくげの花を描かせるのではなかろうか。

かなわぬ夢と知りつつも、心のどこかであきらめられずにいる。

そんな男の生きざまが、哀れにおもえて仕方ない。

ともあれ、今はふたりの命を救うことが先決だ。

表玄関の応対にあらわれたのは、先日の痩せた男だった。

男は式台にも降りず、三和土《たたき》に立つ勘兵衛を見下ろした。

「やはり、おぬしか。先日はおもわぬ不覚をとったが、つぎは容赦せぬ。おぬし、柳のおかげで命拾いしたのう。ふはは……で、何用じゃ」

「牛島丑之介の身柄を頂戴しにまいった」

「理由は」

「かの者、店賃を半季分も滞らせておってな、早晩、長屋を逐われるやもしれぬ」

「それがどうした」

「長屋を逐われれば無宿となる。無宿者は厳しく取り締まらねばならぬ」

「笑止。さような戯れ事、誰がまともに聞くとおもう。だいいち、浪人者の身柄を拘束したおぼえはない。そもそも、拘束する理由がどこにある」

「理由なぞわからぬ。わかろうともおもわぬ。そちらが知らぬ存ぜぬで通すというなら、手続きを踏ませてもらう」

「なんだと」

「うぬらは牛島を誘いだすべく、卑劣な手段を講じた。罪なき町娘を拐かしたであろう。言い逃れはできぬぞ、長屋の連中が見ておるのだ。面通しをすれば、貴藩のご家来衆に縄を打たねばならぬ。大大名のご家来衆が町奉行所の手をわずらわせたとなれば、ご重臣が責めを負うことになろう」

「不浄役人め、わしに脅しは通用せぬぞ。おぬしのごとき木っ端役人に、牛島をおめおめと引き渡すとおもうか」

「本音が出たな」

「去《い》ね。二度と当藩の敷居をまたぐでない」

男の怒声を聞きつけ、長い廊下のむこうから誰かが叫んだ。

「これ、森脇《もりわき》、玄関先で何を揉めておる」

白髪頭の偉そうな人物が太鼓腹を突きだし、大股で歩みよってくる。

森脇と呼ばれた男は隅に控え、頭を垂れてかしこまった。

「は、この不浄役人め、わが藩にわけのわからぬ濡《ぬ》れ衣を」

「濡れ衣」

「当藩の者が町娘を拐かしたなぞと、ありもしないことをほざいておりまする」

「はう」

重臣は光沢《こうたく》のある着物の裾を摘み、勘兵衛の顔を睨《にら》みつけた。

「ふうむ、なかなかの面魂じゃ。わしは佐竹家次席家老の磯部《いそべ》弾正《だんじょう》、この者は馬廻役の森脇平九郎《へいくろう》じゃ。して、そこもとは」

「南町奉行所の臨時廻り同心、長尾勘兵衛にござる」

「さようか。よし、森脇、奥へ通せ」

「え、よろしいのですか」

「たわけ、神聖な表玄関を何と心得る。ここで騒ぐな」

「は」

「早うせい。わしみずから、応じてつかわす」

大名家といえども、屋敷内に不浄役人を迎えるのは珍しいことでもない。埒もない喧嘩から刃傷沙汰《にんじょうざた》まで、藩士が市井で犯した揉め事を裏で処理してもらうため、縄張り内の与力や同心には賄賂《わいろ》を与える。どの藩においても、それは常識となっていた。裏を返せば、不浄役人は油虫なみに嫌悪されているのだ。

勘兵衛は、殺風景な奥座敷に通された。

磯部弾正が上座に腰を落ちつけ、森脇が横に控える。

やにわに、弾正は妓《おんな》でも呼ぶかのように手を叩いた。

森脇が背にする襖《ふすま》が開き、若侍が三方を運んでくる。

三方には、紙に包まれた小判が何個か載せてあった。

「月見団子じゃ。それを携え、黙って帰るがよい」

弾正は鼻息も荒く言いはなち、尻を浮かせかけた。

「のっけから口封じでござるか」

「わしはまどろっこしいのが嫌いでな。どうせ、団子が目当てであろうが。さ、遠慮いたすな。それしきの団子、二十万五千石の当藩にしてみれば安いものじゃ」

「頂戴する理由がござらぬ」

「ぬわに」

弾正はぎょろ目を剝《む》き、分厚い丹唇をへの字に曲げた。

「金は要らぬと申すのか」

「はい。欲しいのは、ただ、浪人と町娘の身柄」

「ほう、不浄役人にも骨のあるのがおったか。されど、何故《なにゆえ》、牛島の肩をもつのじゃ。あやつは謀反人ぞ」

「謀反人とは」

「説明してつかわす。牛島丑之介は藩命に背いたばかりか、公費を横領したのじゃ。武士らしく腹を切らせてやるつもりでおったに、裁定を潔しとせず、領外に逃げおったのよ。わかったであろう。謀反人の肩をもっても、良いことなどひとつもないぞ。それより月見団子を携えて帰るがよい。明後日は十五夜、心ゆくまで月見を楽しめ」

「できませぬな」

「これほど申してもか」

「はい」

「されば、牛島のことを今少し教えてつかわそう」

弾正はいらつきながらも、口調を落ちつかせた。

「あやつ、愚鈍にみえるが腕は立つ。無残流槍術の遣い手でな、九尺の十文字槍を軽々と振りまわしてみせるのだわ。江戸勤番の馬廻役をやらせておったのじゃが、あるとき、生意気にも役目替えを申してできよった。国元に帰り、海岸に砂防林を築きたいなどと戯事を抜かしてな。当初は殊勝な心がけと褒めもし、公費を捻出してもやった。ところが、あやつ、試みと称して失態を繰りかえしたあげく、公金を横領したのじゃ」

夫の不甲斐なさを恨みつつ、牛島の妻女は自害して果てた。

「短刀で咽喉を突いてのう、女だてらに見事な最期であったわ。にもかかわらず、牛島の腰抜けは逃げよった。一子寅之介を連れてのう」

ようやく居所をつきとめ、裁きの場に引きずりだそうと企図していたやさき、勘兵衛が舞いこんできたのだという。

「自害した妻女は八重《やえ》と申してな、ほかでもない、わしの娘じゃ」

「え」

「驚いたか」

さすがの勘兵衛も驚いた。

牛島は次席家老の娘婿だった。世渡り上手な男なら、今頃は出世を果たしていたにちがいない。

「藩を裏切り、妻をも裏切った。そんな男を庇《かば》うのか」

「庇うのではござらぬ。身柄を貰いうけたいだけのこと」

「頑固者め。これだけ言葉を尽くしても、まだあきらめぬか」

弾正は憤然と発し、やおら尻をもちあげた。

「よし、町娘は早々に帰してつかわす。ただし、牛島はそうもいかぬ。身柄を生きて貰いうけたいと申すのならば、お奉行の御墨付きを携えてこい。南町奉行はたしか、根岸肥前守鎮衛《やすもり》さまであったな」

「いかにも、さようにございます」

「名奉行の御墨付きがあれば、牛島丑之介は生きたまま帰してやろう。ただし、長くは待てぬぞ。さよう、期限は二日、明後日の日没までじゃ。それを過ぎたら聞く耳はもたぬ」

「かしこまりました」

「ふん、安請けあいは後悔のもとじゃぞ。御墨付きが手にはいらぬようなら、おぬしもただではすまぬ。その覚悟はあろうな」

「覚悟とは」

「腹を切るのさ」

「腹を」

「びびりおったか」

弾正は勝ちほこったように嗤《わら》う。

勘兵衛は、ほっと溜息を吐いた。

「仕方ありませんな」

「せいぜい、強がりを吐いておれ。ふん、同心風情に何ができる」

何事も、やってみなければわかるまい。

奉行の御墨付きであろうと何だろうと、携えてきてやる。

勘兵衛は、胸の裡《うち》で怒鳴りつけた。

年甲斐もなく、我を忘れている。

六

勘兵衛はその足で、駿河《するが》台の根岸邸へおもむいた。

邸宅の北東にあたる鬼門には、縁起木の槐《えんじゅ》が植わっている。

槐は黄色味がかった白い花を咲かせ、曇天によく映えていた。

顔見知りの用人に尋ねてみると、予想どおり、根岸は留守であった。

説明によれば、寺社奉行、町奉行、勘定奉行立ちあいの式日寄合評定において、さまざまな意見の相違があった。これに老中がくわわったために裁定は長びき、根岸は昨日から評定所に詰めたままだという。

「ご苦労さまだな」

勘兵衛は項垂《うなだ》れ、邸宅を辞去した。

天下の御政道を司る町奉行にたいして、下々の一件を個別に相談するのは気が引ける。秘《ひそ》かに目を掛けてもらっているとはいえ、安易に甘えることは控えねばならない。

おのれの高慢を恥じながら、勘兵衛は家路についた。

用人はさぞや不審におもったにちがいないが、姑息《こそく》にも、上手に取りなしてくれることを心の片隅では期待した。

その夜は一睡もできず、翌朝を迎えた。

毎朝の習慣にしたがって芝居町の「福之湯」を訪れると、番台のおしまがめずらしく目をぱっちり開けていた。

「旦那、先客が。薊《あざみ》のご隠居がみえておられますよ」

「お、そうか」

期待に胸がふくらんだ。

同時に、申し訳ない気持ちでいっぱいになる。

脱衣所で着物を脱ぎ、洗い場を横切って柘榴口《ざくろぐち》に屈《かが》みいる。

濛々《もうもう》と湯気のあがる向こうから、嗄《しゃが》れた声が聞こえてきた。

「来よったか」

「は」

「膝詰めの小田原評定は疲れるわい。年寄りにはしんどい。朝風呂にでも浸かって、誰かに肩や腰を揉みほぐしてもらわねば、からだが保たぬ。うぽっぽ、ちと垢《あか》を搔いてくれぬか」

「おやすいご用にござります」

勘兵衛は湯舟に浸かる機会を逸し、薊の隠居にしたがった。

盛りあがった肩に引きしまった背中、六十九歳という年齢が信じられない。しかも、猛々しい極彩色の烏枢沙摩明王《うすさま》が、背中いっぱいに彫られてあった。

これが江戸八百八町の政道を司る男の背中なのだ。

糠袋《ぬか》で擦ると、おもしろいように垢が落ちてきた。

根岸鎮衛はよほど気持ちが良いのか、肩を揺すって笑いだす。

「くはは、御政道の垢じゃ。悪党どもに煎じて飲ませてやりたいのう」

「まことに」

「昨日、屋敷に来よったらしいな。何用じゃ」

「それでわざわざ、お見えいただいたので」

「自惚《うぬぼ》れるな、わしは朝風呂に浸かりたかっただけじゃ。申したであろう、肩や腰を誰かに揉みほぐしてほしいと」

「は、ただいま」

根岸の肩に手拭《てぬぐ》いを当て、肩をわさわさ揉んでやる。

三助にでもなった気分だ。

「鋼のごとく固まっておろう」

「凝っておられますな」

「もっと強く揉め」

「はは」

「して、用件は何じゃ。昼行灯《あんどん》のうぽっぽがみずから訪ねてきたということは、よほどの事情があったに相違ない」

勘兵衛は遠慮しながらも、事の経緯をかいつまんで説明した。

「奉行の御墨付きさえあれば、浪人ひとりの命が救われると申すのだな」

「は、仰せのとおりにござります」

「秋田藩の砂留役か。なるほど、おもしろい。何とかいたそう」

「まことですか」

あまりに呆気《あっけ》ない返答に、勘兵衛は拍子抜けするおもいだった。

七

さらに翌日。

江戸は朝からよく晴れた。

誰もがみな、月見の支度に忙しい。

行元寺門前の「正直蕎麦」には、おそめの蒼褪《あおざ》めた顔がある。

宵月の昨夜、死地から助けだされたのだ。

かたわらには寅之介もおり、美味そうに蕎麦を啜っている。

おそめは下を向き、顔もあげられない。

頰に乾いた涙の筋がみえる。

昨晩から泣きとおしなのだ。

「長尾さま、いったい、どうやってお救いいただいたのですか」

「おぬしが知らずともよいことだ」

「牛島さまは、ご無事でしょうか」

「少なくとも、生きてはおろうな」

「そんな」

「心配するな。すぐに戻ってくる」

「どうして、ここに」

「どうせ、腹を空かしておろう。ここで待っていると言伝《ことづて》させたのだ。言伝が届いておれば、やつは来る」

「どうして、旦那はわたしたちを救ってくだすったのです」

「生来のお節介焼きでな、それが仇《あだ》となって出世もできずにきた。もっとも、出世したところで、たかが知れておるがな。ふん」

「牛島さまはなぜ、佐竹家の方々にお命を狙われているのでしょう」

「さあな。長く生きておれば、いろいろとあるものだ。他人に知られたくない事情もあろう。そうやって根掘り葉掘り聞こうとすれば、やつに嫌われるぞ。やめておけ、嫌われたくはなかろう」

おそめは頬をぽっと染め、俯いて黙りこむ。

寅之介は子どもなりに気を遣ってか、少し離れたところで遊びはじめた。

「旦那には、お礼の言いようもございません」

おそめは、囁くように漏らした。

「わたし、嫁ぎ先では何ひとつ良いことはありませんでした。夫は浮気者でろくに働きもせず、姑はすべてわたしのせいだと詰《なじ》りました。わたしも、嫁である自分の不徳のせいだと言い聞かせ、我慢に我慢をかさねたのです」

渇いた咽喉を潤すように、おそめは麦湯に口をつけた。

「でも、どうしても耐えられなかった。わたしは実家に出戻り、毘沙門さんに通いつめるようになりました。毎晩、毎晩、雨の日も風の日も。願掛けでも何でもありません。ただひたすら、祈りたかったのです。どうしてそんな気になったのか、よくわかりません。ある晩、酔った連中にからまれました。御堂の裏手に担がれてゆき、着物を剝ぎとられました。舌を嚙もうとおもったけど、声がさきに出てしまいました。それを、牛島さまが聞きつけてくだすったのです。運命《さだめ》だとおもいました。あのとき、丸太のような太い腕で抱かれたとき、わたしは生まれてはじめて、安らぎをおぼえたのです」

「いっしょになれ」

勘兵衛は、ぶっきらぼうに吐きすてた。

おそめは大きな眸子を開き、ことばを失ってしまう。

何かの前触れのように、一陣の風が迷いこんできた。

人柄の男が暖簾を振りわけ、のっそりはいってくる。

「父上」

寅之介が叫んだ。

見る見る泣き顔に変わってゆく。

「よしよし」

牛島は小さな頭を撫で、こちらに顔をむけた。

ひどく撲られたらしく、瞼《まぶた》や頬があおぐろく腫れている。

「牛島さま」

おそめが席を立ち、駆けよっていった。

勘兵衛は顎《あご》を撫でまわし、冷や酒を飲む。

「おい、わしにもくれ」

牛島は床几に座るなり、酒を水のように呷った。

勘兵衛は呆れて、ものも言えない。

「親爺、蕎麦をくれ、山盛りでな」

牛島は大声で注文し、また酒を飲む。

戸口に佇むおそめにむかい、勘兵衛は声を掛けた。

「坊主を連れて、ちと長屋に戻っておれ」

「はい」

ふたりがいなくなると、勘兵衛は牛島をまじまじと見た。

「ひでえ顔だ。こっぴどくやられたな」

「命があっただけでも儲けものさ。あんたには礼を言うよ」

「礼などいらぬ。事情をはなせ」

「まあ、急かすな。蕎麦を食わしてくれ」

牛島は凄《すさ》まじい勢いで、ぞろぞろ蕎麦を啜りつづけた。

「おぬしの妻女、次席家老の娘だったらしいな」

「八重か、娘というても養女さ」

「養女」

「ああ、秋田杉を商う材木商の娘でな、莫大な持参金を携えて養女に迎えられたのよ。だから、磯部弾正の血は引いておらぬ」

材木商は利権が欲しかった。ゆえに、娘を物のようにくれてやったのだ。

「金で買った養子縁組さ。肉親の愛情など毛ほども受けておらぬのに、八重は心根の素直なおなごだった。まだ国元におったころ、藩あげての御前試合があってな、わしは偶さか勝負に勝って、お殿様から褒美を頂戴した。弾正から縁談をもちこまれたのは、そのすぐあとだった。相手は八重だ。わしはひと目で気に入った」

御前試合で最後に闘った相手が、森脇平九郎であったという。

磯部弾正は御前試合で頂点に立った者のほうに、八重を娶《めと》らせるつもりだったらしい。

それもあって、森脇の遺恨は根深いものとなった。

「わしは江戸勤番となり、八重と幼い寅之介をのこして国元を離れねばならなくなった。馬廻役に抜擢《ばってき》されたにもかかわらず、悶々とした日々を過ごしたのだ。どうしても、やりたいことがあってな」

「砂防林か」

「さよう。わしは下級武士の出でな、親は百姓もやっていた。だから、塩害に悩む百姓たちの苦汁は骨身に沁みてわかっていた。どうしても、砂防林を築きたかったのよ。海岸に松林さえ築くことができれば、百姓たちの辛苦はいっぺんに消えてなくなる。わしにはそれがわかっておった」

熱意が通じて砂留役に転身してからは、よりいっそう役目に没頭し、せっかく国元に帰ってきたにもかかわらず、家など少しも顧みなくなった。

「わしの配慮が足りなかった。そのころ、森脇も国元におってな。いや、わしが江戸詰めになった直後から、八重に近づいてきよったらしい。ことば巧みに口説き、寂しい女心の隙間《すきま》にはいりこんだのさ。森脇は陰湿な性分の男だ。八重と秘かに通じたのは、わしへの当てつけだったにちがいない」

牛島は訥々《とつとつ》と語り、核心に触れた。

「公金を横領したのは次席家老の弾正さ。八重はそれを知ったがゆえに懊悩《おうのう》したあげく、すべてをわしに告げた。森脇と通じたことも告白し、その夜、自害して果てた。弾正はそれを知り、すべての罪をわしに擦《なす》りつけようとした」

ゆえに、牛島は寅之介を連れ、出奔せざるを得なかった。

どうにか生きながらえ、いつかは敵を討つ腹でいたという。

勘兵衛は眉を寄せた。

「敵を討つのか」

「ふっ、心配いたすな。五年経って、その気も失せたわ」

「にわかには信じがたいな」

「相手が勝手に警戒しているだけのことさ」

と、牛島は鼻をほじる。

勘兵衛は念を押した。

「敵を討つ気はないのだな」

「ないね」

牛島は面倒臭そうに溜息を吐く。

「だいいち、間男成敗《せいばい》の女敵討ちなんぞ、武士の恥ではないか」

たしかに、女々しい男のやることだと、世間では言われている。

「それでは八重どのが浮かばれまい」

「八重はみずからの行為を恥じて自害した。誰も恨んではおらぬ」

「そうかな」

「おぬし、役人のくせして、わしを煽《あお》ってどうする。秋田藩の次席家老と馬廻役を相手取った敵討ち、それがお上に認められるとおもうか」

「無理だな」

「であろうが。免状の無い敵討ちは私闘も同然、やっちまったら獄門は免れまい。それでも、やらせようとする役人など、聞いたこともないわ」

「おまえさんを煽っているわけではない」

「ならば、余計な口を挟むな」

「何だと、この野郎」

勘兵衛はおもわず、固めた拳を振りあげた。

「わしを撲るのか。いいぞ、やれ」

やれと言われると、気が萎《な》えてくる。

勘兵衛は拳をおろし、肩の力を抜いた。

「おまえさん、夫としての意地より、侍の体裁をとるのか」

「そりゃそうさ。今どき、敵討ちなど流行らぬ。五年も経って、死んだ女房の浮気相手を殺《あや》めるなどと、莫迦らしいにもほどがあるわ」

「見損なったぞ。おまえさんは見掛けどおりの食いつめ者だ。助けてやって損をした」

「ふん、何とでも言うがいい」

冷や酒を呷る牛島をのこし、勘兵衛は席を立った。

八

それから数日は気分が優れず、何をやっても手に付かなかった。

ふとしたことで思いだすのは、線香の匂いだ。

牛島の部屋にあった仏壇には、いつも陰膳がすえられていた。

「惚れておるのさ、わからんのか」

藪医者の仁徳が、皮肉めいた口調でこぼす。

すだく虫の音を聞きながら、縁側で燗酒《かんざけ》を飲んでいる。

温気《うんき》が去った今となっては、冷や酒はからだに毒らしい。

肴は茄子《なす》の浅漬けに丸焼き、綾乃のこしらえた茄子づくしだ。

「往生際の悪い男ほど、女は放っておけぬものよ。おそめとか申す町娘は、ふとしたときに男のみせる物悲しい横顔に惚れたのかもしれん。自分も何とか努力して、陰膳をすえてもらえるような女房になりたい。それが出戻りの町娘が描く夢、愛おしい気もするが、何事かをやり遂げたい男にしてみれば、鬱陶《うっとう》しいじゃろうな」

「何事かをやり遂げたい。それは」

「敵討ちにきまっておろうが」

「きっぱりやらぬと言いましたよ」

「おぬしに邪魔されたくないのさ。じゃから、惚《ほう》けたふりをしておるのよ。見掛けも中身も牛のごとき男だと申したな。おぬしは風貌を知っておるがゆえに、惑わされるのじゃ。わしは見ておらぬがゆえに、そやつの考えが手に取るようにわかる。牛野郎め、やる気でおるぞ」

仁徳は酒を舐め、庭の片隅で蕾《つぼみ》をふくらませた曼珠沙華《まんじゅしゃげ》をみつめた。

死人花《しびとばな》とも称される曼珠沙華は、彼岸になれば燃えるような真紅の花を咲かせてみせる。

「眸子をぎらつかせた獣のごとき輩は、得てして本懐を遂げられずに終わる。真に覚悟をきめた者は、どことのう突きぬけておる。秋晴れの高い空のごとくなあ。大石内蔵助《おおいしくらのすけ》が良い例じゃ。その牛は死んだふりをして敵味方を欺き、ここぞという機を狙っておるのよ」

なるほど、言われてみればそうかもしれない。

「うぽっぽ、さあどうする。お上の手先なら、是が非でも止めねばなるまい。それとも、敵討ちをやらせてやるのか。どっちにしろ、牛は死ぬ気ぞ。本懐を遂げ、女房のもとへ逝きたいのさ。未練がましく陰膳をやりつづける理由は、そこにある」

死なせはせぬ。

かりに、本懐を遂げたとしても、寅之介とおそめがいるかぎり、牛島丑之介を死なせるわけにはいかぬ。

「莫迦め、おぬしが力んでどうする。そういえば、綾乃のすがたがみえぬようじゃが、どこへ行ったのだ」

「鯉四郎のお婆様が風邪をひかれたとかで、見舞いにゆきましたよ」

「季節の変わり目には気をつけぬとな」

曼珠沙華が風に揺れた。

簀戸門《すどもん》が開き、綾乃が鯉四郎を連れて帰ってくる。

ふたりの背後には、幼子の手を引いた町娘がしたがっていた。

「父上」

「おう、どうした」

「こちらの方が父上に」

「ん、誰かとおもえば、おそめではないか。寅之介もいっしょか」

勘兵衛は、胸騒ぎにとらわれた。

仁徳と交わしたばかりの内容が脳裏を過《よ》ぎる。

「うぽっぽの旦那」

おそめは駆けより、意を決したように口を開いた。

「牛島さまが、出てゆかれました」

涙声を詰まらせ、捻《ひね》り文を渡そうとする。

引ったくるように受けとり、開いてみた。

――おそめどの、寅之介をお頼み申す
とだけ、走り書きで綴《つづ》ってある。

「やはりな」

したり顔で仁徳がこぼす。

「あやつめ」

勘兵衛は吐きすて、がばっと立ちあがった。

部屋に戻って大小と十手をつかみ、絽《ろ》羽織を引っかける。

「父上、どちらへ」

尋常ならざる気配を察し、綾乃が縋《すが》るように問うてきた。

勘兵衛は濡縁に仁王立ち、眸子を泳がせる。

勇みたったはいいが、行き先がわからない。

牛島は勝算もなく、上屋敷に躍りこむような無謀はすまい。

「おそめ、心当たりはないか」

怒ったように質すと、おそめは首を横に振った。

勘兵衛は、くっと顎を突きだす。

「寅之介、父が家を出たのはいつだ」

「日没前です」

まだ、半刻と経っていない。それがせめてもの救いだ。

「父は何か、言いのこしていかなんだか」

「何も」

「ふうむ」

考えあぐねていると、寅之介が小さな胸を張った。

「お役人さま、父の行き先に心当たりがございます」

「お、申してみろ」

「先月、父と蛍狩りにまいりました。道灌山《どうかんやま》の麓《ふもと》にある原っぱです。おおかた、そこではないかと」

大人びた口調に面食らいつつも、勘兵衛は優しく問うた。

「寅之介、なぜ、そうおもう」

「はい。原っぱの向こうを見渡しますと、白い海鼠塀がどこまでもつづいておりました。あれはかつてお仕えしたお殿様の御屋敷だと、父は懐かしそうに教えてくれました」

「あ」

勘兵衛は膝を打った。

道灌山の西麓には、佐竹家の下屋敷がある。

「そこだ。鯉四郎、おぬしも来い」

「は」

後ろも見ずに駆けだす勘兵衛の背中を、事情を飲みこめぬ鯉四郎が追いかけた。

九

夕陽のような赤い月が出ていた。
道灌山から吹きおろす風が、雑草を波のように靡《なび》かせている。
俯瞰《ふかん》すれば平地にみえる野原だが、けっしてそうではなかった。
起伏に富み、山谷はうねりながら、道灌山の稜線に繋がってゆく。
闇の彼方には、佐竹家下屋敷の海鼠塀が白くぼんやり浮かんでいた。
塀の外が修羅場と化しつつあることを、屋敷内で知る者はおるまい。
よしんば察したとしても、厳しい箝口令《かんこうれい》が布《し》かれているはずだった。
――謀反人を成敗いたす。右のこと口外無用。
次席家老の命ともなれば、平侍は口を噤《つぐ》むしかなかろう。
「ぎゃ……っ」
草叢《くさむら》に蒼白い刃が林立し、槍の穂先が閃《ひらめ》いた。
またひとり、刃に懸かったようだ。

「ひゃあああ」

断末魔が風音に紛れ、新たな断末魔が尾を曳《ひ》いた。

灌木が疎《まばら》に生えた野原は、いまや、怪我人たちの呻き声で溢れている。

槍の穂先で突かれた者、十文字の両刃で薙がれた者、右腕を無くした者や歩行不能となった者、寄りつどった腕自慢の精鋭たちが、たったひとりの男のまえになす術《すべ》もない。

敵は大人数を仕掛けてきた。

「二十……いや、三十はおるな」

草陰に潜む勘兵衛は、躍りでる機を窺っている。

事情を知った鯉四郎は、勇みたっていた。

助太刀をせねばならぬ。

役目を忘れ、やる気でいる。

狡猾《こうかつ》で権力のある者だけが良い目をみる。

そうした、この世の理不尽が許せぬのだ。

だが、肝心の勘兵衛は迷っていた。

助太刀は、生死の間境《まざかい》を踏みこえることを意味する。

闇雲に出てゆけば、自分も相手も傷つくことになる。

そうでない手だてを、この期におよんでも思案していた。

「長尾さま、まだですか」

「もう少し、もう少し待て」

待ちつづけるあいだにも、断末魔の悲鳴が耳に飛びこんでくる。

磯部弾正はおそらく、牛島の果たし状を鼻で笑ったにちがいない。

なにせ、闇討ちの手間が省けたのだ。

都合良く獲物が飛びこんできてくれたおかげで、事を大袈裟にすることもなく、みずからの悪事を闇から闇に葬ることができる。

きっとそう考え、ほくそ笑んだことだろう。

牛島はかつて、羽州一円にその名を轟《とどろ》かせた遣い手だった。

ことに、十文字槍を持たせたら、向かうところ敵なしと賞賛された。

が、一対三十ではどうにもなるまい。

苦もなく、返り討ちにしてくりょう。

弾正の考えはしかし、甘すぎた。

死を賭した者の力量を侮《あなど》りすぎたのだ。

牛島は九尺の十文字槍を旋回させ、円陣を組んで迫る敵の出鼻を挫《くじ》いた。

槍一本で敵の数を半減させ、長柄をまっぷたつに折られたのちも、背に負った四尺の長尺刀を抜いて奮戦した。

厚鋼の戦場刀を振りまわし、群がる敵を猛然と薙ぎたおしていったのだ。

白装束は返り血で真紅に染まり、みずからも無数の手傷を負っていた。

刃を振りあげた形相は、もはや、人間のものではない。

鬼神であった。

「ぐはあ……っ」

雷鳴となって轟く咆哮《ほうこう》は敵を萎縮させ、死の恐怖を呼びさました。

もとより、牛島は死を覚悟している。

右腕を斬られたら左腕一本で闘い、左腕も失えば、刃を口に銜《くわ》えてでも闘うつもりだった。

そんな男に、生半可な連中が太刀打ちできるはずはない。

触れた途端に斬られ、草を噛みながら逃げまどうしかなかった。

いまや、死闘は佳境を迎えている。

「何をしておる、斬れ、早う斬らぬか」

磯部弾正は軍師のごとく高みに座し、顔をひきつらせて喚《わめ》きつづけた。

かたわらには、鎖鉢巻きに襷掛けの森脇平九郎が控えている。

遠くからでも、森脇の歯軋《はぎし》りが聞こえてくるようだった。

ふたりの真正面には、全身血達磨《ちだるま》の牛島が迫っている。

折れた刀を支えにして立ち、双眸を炯々《けいけい》とさせていた。

「別人だな」

勘兵衛はつぶやいた。

地獄から遣わされた獄卒をみているようだ。

「長尾さま、あれを」

「ん」

鯉四郎の指差すさきに、弓を手にした三人が控えていた。

「ええい、矢を放て、射殺すのだ」

弾正が声をひっくり返す。

三人は急いで矢を番《つが》えた。

「鯉四郎、今だ」

「は」

ふたつの影が草叢から躍りだす。

三人は弓弦を絞り、狙いを定めた。

「こっちだ、こっちに放て」

勘兵衛は、駆けながら叫んだ。

驚いた三人が、弓をこちらに向ける。

「いやっ」

鯉四郎が抜刀し、ひとりの肩を峰打ちにした。

一歩遅れて勘兵衛が飛びこみ、十手で二人目の頬桁《げた》を叩く。

「おのれ」

三人目は弓を捨て、抜刀した。

その瞬間、鯉四郎の刀に脳天を叩かれた。

「ぐひょっ」

三人目が倒れたと同時に、太い声が響いた。

「うぬらあ、助太刀は無用じゃ」

鬼神が吼《ほ》えている。

周囲に討手の影はない。

もはや、弾正と森脇しか残っておらぬのだ。

牛島は折れた長尺刀を捨て、腰の刀を鞘走らせた。

「ふっ、ふわあああ」

土を蹴り、土塊《つちくれ》を飛ばして走りだす。

「暴れ牛め、来い」

森脇平九郎は気合いを発し、高みから数歩進んで身構えた。

牛島は旋風となって肉薄する。

躊躇《ため》らいもせず、撃尺の間合いを踏みこえた。

「小癪《こしゃく》な」

森脇が抜刀する。

紫電一閃、ふたつの影が交叉した。

「ぎゃ……っ」

悲鳴につづき、痩せ首がひとつ宙に飛んだ。

「ひぇっ」

弾正の足許に、どさっと首が落ちてくる。

森脇の首だ。

双眸を瞠り、赤い口を大きく開けている。

「ひいい……ま、待て、待ってくれ」

弾正は床几から転げおち、這うように逃げだした。

牛島は大股で近づき、逆手に握った刃を突きおとす。

「んぎゃっ」

怨みの籠もった切先は、悪党を串刺しにした。

「ぐひぇええ」

勘兵衛は耳をふさぎたくなった。

鯉四郎も惨状に背を向ける。

「長尾さま、あのもの、本懐を遂げましたぞ」

「ああ、とんでもねえ化け物だったな」

「どうなされます」

「縄を打つか」

「え」

鯉四郎はあっけにとられ、二の句がつげない。

「放っておけば、腹を切りかねぬ。ちと、頭を冷やしてやらねえとな」

勘兵衛は慎重に、暴れ牛のもとへ近づいていった。

十

夕暮れの涼気が肌寒く感じられることもある。

庭では萩が蝶《ちょう》のような花を咲かせ、夜ともなればすだく虫の音も喧《かまびす》しい。

町を巡っていると、六阿弥陀詣でに出向く人々を見掛けるようになった。

秋の彼岸も中日を過ぎたころ、勘兵衛は行元寺の山門をくぐった。

寺領は十石、御本尊の千手観音は「襟懸《えりかけ》観音さん」で親しまれ、彼岸の時季は参詣者も多い。中門の内側には南天並木がつづき、本堂の脇道をすすむと、広大な墓地が広がっている。

勘兵衛は宿坊で水桶と柄杓《ひしゃく》を借り、墓地の奥へすすんでいった。

教えられた墓の近くに来てみると、おもったとおり、先客がいる。

墓前に蹲っているのは、小山のように大きな背中だった。

「やはり、ここにおったか」

そばに歩みよっても、背中は微動だにしない。

牛島丑之介は、熱心に祈りつづけている。

勘兵衛は、墓石の戒名に目を吸いよせられた。

そこには夫婦連名の戒名が彫られ、夫の戒名のみに朱が入れてある。

墓石の戒名に朱を入れるのは、最愛の夫に先立たれた後家が操を立てておこなうことだった。義理堅い後家が「赤い信女」と称される所以《ゆえん》だ。妻は自分が死んだときに朱を削ってほしいと、石屋に頼んでおくのである。

牛島はみずからの戒名に朱を塗りこめ、亡き妻に操を立てていた。

「立派な墓じゃねえか」

声を掛けると、牛島はようやく振りむいた。

修羅場に立っていたときの顔ではない。

平穏な顔だ。

「おれにもひとつ、詣らせてくれ」

牛島は黙って、場所を空けた。

勘兵衛は墓石を洗い、携えてきた曼珠沙華を捧げた。

「うちの庭から摘んできた」

「ほう」

「おまえさんが死んだら手向けてやろうとおもったが、そうせずに済んだ。八重どのだけに楽しんでもらう」

　勘兵衛は線香を点け、短く経をあげた。

「おめえ、まさか、墓前で死ぬ気じゃねえだろうな」

「本懐を遂げたのだ。もはや、生きる意味もないわ」

「寅之介はどうする」

「あれは……おぬしに告げても詮無いことだが、わしの子ではない」

「では、森脇平九郎の」

「いや、それもちがう。あれは弾正の子だ」

「なに」

　勘兵衛は絶句した。

「八重は養女として、磯部の家にはいった。そのときから、弾正の妾も同然にさせられておったらしい。ゆえに、八重は弾正の横領を知ることができた。弾正に深い恨みを抱えながらも、わしに救いを求めてくれた。わしは応えようと努力したが、どうしてもできなかった。だがな、八重が死んでから、あれが掛けがえのないおなごであったことに気づいたのよ。八重は寅之介を突きころし、自害しようとした。なれど、できなかった。母親ゆえに、できなんだ。わしは八重の気持ちを汲み、寅之介を育てた。子に罪はないが、正直、格別の情もない」

嘘だなと、察した。

育てているうちに情が移ってしまったことを、無理に拒みたいのだ。

「寅之介を他人に押しつけて死ぬのか。身勝手な男だな、てめえは。おれは牛島丑之介という男を買いかぶりすぎていたらしい」

「おぬしとは擦れちがっただけの間柄、これ以上、わしの邪魔をしてほしくないな」

「夢はどうした」

「夢」

「ああ、おめえには砂防林を築くという夢があったはずだ」

「わしは佐竹の重臣を手に掛けたのだぞ。そんな男が夢を語ってどうする」

「次席家老はじめ、配下で命を落とした者たちは病死とされたそうだ。おまえさんに累はおよばぬ、正しいことをしたのだからな」

「藩が体裁を取りつくろったところで、牛島丑之介のやったことは消せぬ」

「頑固者め。ならばいっそ、名を捨てたらどうだ」

「ん、名を捨てろだと」

「そうだよ。てめえの戒名に塗られた朱、そいつを削りおとしちまえ。ついでに武士も捨てちまえ。詰まらねえ矜持《きょうじ》を捨てれば、せいせいするぞ。だいいち、砂防林を築くのに、武士である必要はさらさらあるまい」

「しつこい男だな。わしに砂留役を頼む者がどこにおる」

「じつは、おるのさ」

「なんだと」

「ご存じねえかもしれねえがな、江戸にも塩害で困っている連中は大勢いる。依頼主は江戸南町奉行、根岸肥前守様だ。文句はあるまい」

「ま、まさか」

「捨てる神あれば拾う神あり。おめえの夢はまだつづいているんだよ」

勘兵衛は腰帯から扇子を抜き、ぱっと開いてみせた。

「ほれ、おめえが描いた花だ。たとい、槿花一朝《きんかいっちょう》の夢であっても、みねえことにゃ仕方あんめえ」

墓場の向こうに、人影がふたつあらわれた。

おそめが寅之介の手を握り、そこに立っている。

「みろよ。あのふたりも、おめえに夢をみさせてえとさ」

牛島は歯を食いしばり、こちらに背を向けた。

墓石にむかい、大きな肩を震わせている。

「ふん、世話の焼ける野郎だぜ」

勘兵衛は、ほっと安堵《あんど》の溜息を吐いた。

夕空を仰げば、燕《つばめ》のつがいが風を切って飛んでゆく。

「渡りおくれたつばくろか」

牛島は小刀を抜き、がりがりと朱を削りはじめた。

不動詣で

一

重陽《ちょうよう》の節句当日、江戸の町々はどこもかしこも菊でいっぱいになる。

「父上、京橋の夢やさんに菊見の席が設けられるそうですよ。なんでも、江戸随一の規模を誇る菊くらべがおこなわれ、一等になれば金百両をいただけると聞きました」

「ふうん、酔狂なはなしだな」

「お題は夢やさんにちなんで、初夢だとか。一富士二鷹《たか》三茄子《なすび》、四扇五煙草六座頭、はてさて、今年はどんな菊細工が飛びだすやらと、ご近所でも噂《うわさ》になっております」

続乃は蚊帳《かや》を外しながら、流行唄《はやり》でも口ずさむように喋《しゃべ》りかけてくる。

今年は例年になく蚊が猛威をふるい、秋になっても蚊帳を仕舞わぬ家が多い。九月蚊帳を吊す際は、四隅に雁《かり》の絵が描かれた紙などを付ける。雁渡りの季節になれば、さすがに蚊もいなくなるだろうという願いからきた習慣らしい。なるほど、長尾家の九月蚊帳にも雁の絵はぶらさがっている。

「昨年のお題はたしか、お彼岸《ひがん》でしたね。一等は夕焼け空に雁渡り」

「目にしたのか」

「いいえ、番付表で見ただけですけど、眸子《まなこ》を閉じれば浮かんでくるようです」

菊細工は金の掛かる道楽だ。出品者のほとんどは、それなりの地位と名誉があり、菊の連《れん》でも顔の利く者たちである。選定の基準も厳しい。ただ、初夢や彼岸といったお題に固執する必要はなく、発表当日まで菊細工の中身はあきらかにされないのが決まりだった。

長尾家の庭にも、勘兵衛が丹誠込めて育てた菊の鉢はある。

白と黄色の厚物咲きで、何ひとつ細工はない。

「みてのとおり、わしの好みは大輪の一輪咲き。張りぼてに花を植えこみ、名所だの珍獣だのをつくる。そうした細工物は、どうも好きになれぬ」

「ご覧になればおもしろいのに。父上、それは食わず嫌いというものですよ。鯉四郎さまのお婆様《ばばさま》も、菊細工がお好きだそうです」

「名は志穂《しほ》どのと申されたかな。もう、いい年であろう」

「古稀《こき》ですよ」

「近頃、惚《ぼ》けがひどくなってきたと聞いたが」

「寝所から居なくなることも、たびたびだそうです」

近所を捜してみると、暗い町中を当て所《ど》もなく彷徨《さまよ》っていたりするらしい。

「鯉四郎も難儀だな」

「育ててもらった恩があります。難儀だなどとは、つゆほども感じておられませんよ」

そこが鯉四郎の良いところだと、心にはおもっても口には出さない。

綾乃がその気になったら困る。性格がどれだけ良かろうが、十手持ちとだけはいっしょにさせたくないのだ。

この日、勘兵衛はいつもどおりに市中見廻りをおこない、暮れ六つを過ぎてから帰宅した。

ふと、庭をみやると、菊の花弁に白い綿がいくつも載せてある。

「着せ綿か」

重陽の晩になると、菊の花に綿を載せておく風習があった。

翌朝、菊の香が染みた綿で顔を拭《ふ》けば、若返るのだという。

初物を食べれば若返るという俚諺《りげん》にも似ている。

綾乃にそれとなく聞いてみると、着せ綿は鯉四郎の祖母から教わったことらしかった。

二

浅草寺《せんそうじ》の菊供養が終わると、男も女も袷《あわせ》に綿を入れる。

散り菊を濡《ぬ》らす雨は冷たく、野花は枯れ急いでいるかのようだ。

垣根の満天星《どうだん》は色づきはじめていた。

一斉に燃えあがるまで、あと何日もない。

勘兵衛は秋の深まりをひとしおに感じつつ、縁側で上り月を仰いだ。

燗酒《かんざけ》を舐め、隣に座る仁徳の愚痴を聞きながし、綾乃の行く末を案じながら、また酒を飲む。

夜空を照らす十三夜の月は後《のち》の月とも呼び、団子や薄《すすき》や栗などを三方に供えて祝う。葉月十五夜と長月十三夜の月を両方とも愛でなければ、片見月と称して忌み嫌われた。

「風情がねえな」

仁徳がつまらなそうにこぼす。

「うぽっぽと差しむかいで飲んでも、風情がねえ。綾乃はどうした」

「鯉四郎のお婆様のところへ行きましたよ」

「足繁く通ってんじゃねえのか」

「からだの具合が芳《かんば》しくないのだとか」

「綾乃は心根の優しい娘じゃ。婆様《ばさま》のそばに侍《はべ》り、世話をしてやりたいなぞと言いだしかねぬぞ。まあ、そうなったらなったで、よしとせねばなるまいがな」

勘兵衛は盃を置き、仁徳を正面から見据えた。

「それは、綾乃を鯉四郎にくれてやれという意味ですか」

「ま、そんなところじゃ」

「できませんな」

「どうして」

「考えたこともありません」

「鯉四郎は綾乃に惚《ほ》れておるのだぞ。綾乃もまんざらじゃなさそうだ。おぬし、若いふたりの仲を裂いて楽しいのか」

「わたしと同じ廻り方に、娘を嫁がせたくないだけですよ」

毎日のように屍骸と顔を付きあわせる定廻りなんぞと、愛娘をいっしょにさせたくはない。

「一理ある。鯉四郎は頑固で融通の利かぬ男じゃ。おぬしによう似ておる。わしもおぬしのような男に、綾乃を嫁がせたくはないからのう」

鯉四郎は幼いころに双親を亡くし、母方の祖母に引きとられた。二十年余りまえ、幕府の勘定方を務めていた父山田平右衛門は汚職に連座した廉《かど》で腹を切らされ、母も心労が原因で追うように亡くなった。山田という父方の姓は武鑑《ぶかん》から消されたので、侍の身分でいるためには養子縁組をおこない、末吉という母方の姓を名乗らねばならなかった。

そうした悲運な生いたちも似かよっていると、勘兵衛は感じていた。

もっとも、自分は双親の顔も知らない。産みおとされてすぐに、亀戸《かめいど》天神の門前へ捨てられた。宮司に拾われ、風烈廻り同心を務める長尾家に貰《もら》われた。心優しい同心夫婦が一人前に育ててくれ、住む家と働く場所を遺してくれたのだ。

似ているとおもえば、なおさら、遠ざけたくなってくる。

鯉四郎だけはだめだと、勘兵衛は従前から決めていた。

しばらくして、綾乃が帰ってきた。

「ただいま戻りました」

「おう、こっちに来い」

仁徳に手招きされ、綾乃は着替えもそこそこにやってくる。

「月見酒じゃ、飲むか」

「はい、いただきます」

綾乃は注《つ》がれた酒を、こともなげに呷《あお》った。

「ふふ、上戸は父譲りじゃな」

勘兵衛は渋い顔で盃をかたむける。

「婆様の様子はどうだ」

「お元気でしたよ。お食事もきちんとお摂りになって。ただ」

「ただ」

「わたしを、美津《みつ》、美津と、お呼びになります」

「美津」

「鯉四郎さまの亡くなられたご母堂さまですよ」

志穂は二十数年前に亡くなった娘の美津と綾乃を、取りちがえているらしかった。

聞けば、志穂には美津以外に子はなく、勘定方を務めた夫も疾《と》うのむかしに先立っているので、孫の鯉四郎だけが心の支えだという。鯉四郎の嫁取りを楽しみにしていたが、昨年の暮れあたりから物忘れがひどくなった。

「時折、鯉四郎さまのこともお忘れになられます。ご自分の孫にむかって、山田平右衛門どの、ふつつかな娘をどうかよろしくと涙ぐまれ、畳に三つ指をつかれるのですよ」

志穂の脳裏には、三十年近くもまえに取りかわされた結納の情景でも浮かんでいるのだろうか。

「その程度のことなら、笑って済ませもできましょうが、困ってしまうのは夜中に起きだして外を歩きまわることです」

「噂はほんとうなのか」

仁徳が膝《ひざ》を乗りだした。同年輩だけに他人事《ひとごと》とはおもえぬのだ。

「三日に一度、それもかならず、夜明け前の寅《とら》ノ刻《こく》前後に起きだすと聞きました。向かう道筋も、おおよそきまっております」

「ふうん、道筋がなあ」

志穂はまず、地蔵橋を渡って提灯掛け横町を横切り、南茅場町の大番屋に近い山王神社の御旅所へむかう。さらに、海賊橋を渡って日本橋にむかい、橋の手前から東海道を南に取ってかえし、桶町《おけちょう》にむかう。名水として知られる譲《ゆずり》の井で水を飲み、手を浄めるなどしたのち、桶町二丁目の不動堂に詣り、それが済むと大路を横切って東へ、弾正橋を渡って八丁堀へと帰ってくる。

これだけ巡るのに一刻《いっとき》近くも要し、家にたどりつくころには空が白々と明けてしまうらしかった。

「鯉四郎さまは未明の散歩と称し、眠い眸子を擦《こす》りながら、お婆様の背中を追って歩かれるそうです」

散歩の道筋は、近頃になってあきらかとなった。当初は止めようとした鯉四郎も、今は好きなようにさせている。ただ、張りこみなどがあって見届けられないときは、小女《こおんな》のおたえに頼まざるを得ない。志穂に声を掛けず、一定の間合いを保ちながら背中に従《つ》いてゆくのは、さぞかし骨の折れるものだろう。

「毎月二十八日の不動尊の縁日になると、お婆様は白装束に身を包み、譲の井で水垢離《みずごり》をなさるのだそうです」

偶《たま》さか目にした豆腐屋の親爺が、鬼気迫る志穂のすがたに腰を抜かしかけ、近所じゅうに「桶町で水掛け婆をみた」と言いふらした。爾来《じらい》、志穂は「水掛け婆」と呼ばれるようになったらしい。

綾乃のはなしを聞き、勘兵衛にも事態の深刻さがわかった。

鯉四郎はそうした悩みを、いっさい口にしない。質《ただ》そうとしても、お茶を濁すだけであった。

「鯉四郎さまは、父上に弱みをみせたくないのですよ」

「娘のほうには弱みをみせ、甘えておるのか」

「父上、何を怒っておられるのです」

「怒ってなどおらぬ」

「いいえ、怒っておられます。鯉四郎さまのお宅に伺い、お婆様のご様子を窺《うかが》うのが、それほどお気に召さぬのですか。お願いされたわけでもなく、わたしが勝手にやっていることなのに」

「ふん、押し掛け女房気取りか。他家のことだ。少しは控えろ」

「父上、ご本心からそう仰《おっしゃ》るのですか」

「きまっておろうが」

「そのように情のないお方だとは存じませんでした」

綾乃は顔を真っ赤にさせ、縁側から居なくなった。

「ちっ、莫迦《ばか》たれめ」

仁徳が隣で舌打ちをかます。

「うぽっぽ、綾乃を何だとおもうておる。てめえの囲い者か。悪いことをやってるわけじゃねえんだ。好きなようにさせてやれ」

「ちと、黙っててもらえませんかね」

「あんだと、この野郎。血は繫《つな》がっておらずとも、わしはあの娘を誰よりもだいじにおもうておるのじゃぞ」

わかっている。わかっているだけに鬱陶《うっとう》しいのだ。

冷ややかな風が吹き、群雲《むらくも》に月が隠れてしまった。

「おぬしのせいで、片見月になってしまったわい」

仁徳は苦々しげに吐きすて、冷めた酒を不味《まず》そうに呷った。

三

翌十四日、薄明。

桶町の譲の井で心中があったと聞き、勘兵衛は仁徳を連れて検屍にむかった。

乳色の靄《もや》がたちこめるなか、漕ぐようにしてたどりつくと、鼻先に忽然《こつぜん》と井戸が浮かんできた。

十間《けん》ほど離れたところに莚《むしろ》が二枚敷かれ、男女の屍骸が仰向けに寝かされている。

莚のそばで、鯉四郎と岡っ引きの銀次が待っていた。

「おや、仁徳先生もお出ましで。心強えかぎりだ」

「銀次、軽口を叩くんじゃねえぞ」

「へへ、とんがっていなさる」

「朝っぱらから拝まされるのはほとけの顔、風情のねえはなしさ」

仁徳は屈《かが》み、さっそく調べに取りかかる。

「ふうん、色男と別嬪《べっぴん》の取りあわせか。年は両方とも三十前後じゃな」

勘兵衛が知りたいのは、心中を装った殺しの疑いがあるかないかの一点だけだ。

「これといって疑う点はなさそうじゃ。女は首を絞められ、男は鋭利な刃物で咽喉笛《のどぶえ》を掻《か》っきっておる。ふたりとも死んだのは半刻前、同時刻じゃ」

「つまり、寅の七つ半頃、男は女の首を絞め、すぐのち、自分の咽喉を掻っきった」

「順当な筋書きじゃな」

「長尾さま、これが落ちておりました」

鯉四郎が横から、血曇りの付いた小刀を差しだした。

「侍の刀か」

勘兵衛は手に取り、平地《ひらじ》や刃を舐めるように調べる。

「鈍刀《なまくら》だぞ」

「男はどうみても商人です。小刀を携えているのは妙ではありませんか」

「死ぬつもりで、古物商から求めたものかもしれん」

「ちょっと寄こせ」

仁徳は勘兵衛から鈍刀を受けとり、ぱっくり開いた傷口と照合させた。

「ぴったしか。たしかに、妙といえば妙なはなしじゃな」

「何がです」

「女をみよ。返り血を一滴も浴びておらん。心中で後死にをはかった男の遺骸は、たいてい、女の遺骸に覆いかぶさっておる」

なるほど、咽喉から噴きでた夥《おびただ》しい血が付着しないはずはない。

そもそも、男はなぜ、女を絞殺したのだろうか。

なぜ、小刀で心臓を刺すなり、咽喉を裂くなりしなかったのか。

そうした点も気になるが、心中ではないと決定づける証拠にはならない。

仁徳は検屍を済ませ、そそくさと帰っていった。

靄がようやく晴れたころ、手下の三平が胡麻塩《ごましお》頭の男を連れてあらわれた。

「京橋にある夢やの庖丁《ほうちょう》人、治助《じすけ》どんです」

「夢やか」

どこかで聞いたことのある茶屋の名だ。

「あの、長尾さま、治助どんがほとけの顔を拝ましてほしいと」

「おう、みせてやれ」

勘兵衛が顎《あご》をしゃくると、治助は遠慮がちに歩みよってきた。

「うっ」

仏のほとけをみるなり、膝をがくがくさせはじめる。

その様子をじっくりみつめながら、勘兵衛は訊《き》いた。

「知りあいか」

「お、女将《おかみ》です」

「夢やの」

「へい」

おもいだした。夢やは菊見の席が設けられた茶屋だ。

女将の名はおよう、芸者あがりの垢《あか》抜けた女であった。夢やは、留守居役の接待などにも利用される格式の高い茶屋である。数年前に亭主を亡くしてからは、後家の美人女将が細腕一本で切りもりしていると、勘兵衛も噂には聞いていた。

美人女将はじっと目を閉じ、夜露に濡れた莚のうえで冷たくなっている。

「男のほうに見覚えは」

治助は震えながら、男のほとけをみた。

あっと、声を漏らす。

「こちらは、鉢屋の旦那です。重陽の晩、菊見の席でお見掛けしました。あっしは裏方なんで表のことはよくわかりませんが、菊くらべで何か賞を貰っておられたような」

「ほう。重陽の晩以前に、客として見掛けたことは」

「ありません、一度も」

鉢屋は駒込の目赤不動のそばにある植木屋だった。死んだ主人の名は新左衛門、仁徳が言ったとおり、なかなかの色男だ。

「女将がこちらの旦那と心中などと……信じられません。そもそも、この糞忙しいなか、女将が心中なんぞするはずがねえんだ」

治助は涙声になり、地べたに蹲《うずくま》ってしまった。

頑固そうにみえる庖丁人が、嗚咽《おえつ》を漏らしはじめる。

惚れていたか、深い仲であったか、いずれかだろう。

「治助よ、女将とは深え仲だったのか」

「め、滅相《めっそう》もねえ」

「正直に応えてくれ」

「へ、へい」

「どうなんだ」

「じ、じつは……あ、あっしは使用人の立場もわきまえず、いっしょになってほしいと女将さんに、だめもとで言いました。断られたら、夢やを辞める気でいたところ、女将さんは快く受けてくだすったんです。ただ、事をおおやけにするのは、もう少し待ってほしいと仰いました。なにやら、片づけておかなきゃならねえことがおありのようで」

「片づけておかなきゃならねえこと」

「そいつが何かは、あっしなんぞにゃわかりません」

「よくぞ喋ってくれたな。今のはなしは口外しねえよ。ところで、半刻前、おめえはどこにいた」

「へ、魚河岸におりましたが」

「それじゃ、顔見知りが大勢いたってわけだ」

「ええ、まあ」

勘兵衛が目配せするまでもなく、銀次が去った。

裏を取りにいったのだ。

「旦那、あっしを疑っておいでで」

「なあに、型どおりの調べさ。もう帰っていいぞ」

「そうはいきません」

治助はほとけのまえに蹲り、梃子《てこ》でも動かぬ意志をしめす。

勘兵衛は、やれやれという顔で溜息《ためいき》を吐《つ》いた。

「治助、おめえがどんだけ粘っても、ほとけはすぐにゃ戻せねえんだ」

心中ときまった男女は、たとい屍骸であっても、日本橋南詰めの東寄りに晒《さら》される。

「まさか、女将さんが日本橋に」

「そうなるかもしれん」

「お願いします。それだけは、それだけはご勘弁を」

地べたに額を擦りつけられても、法度《はっと》なのでどうしようもない。

泣きくずれる治助をのこし、勘兵衛は莚からそっと離れた。

鯉四郎もこれにつづく。

「長尾さま、あのもの、嘘《うそ》を吐いているようにはおもえませぬ」

「そうだな」

「女将が治助に漏らした台詞《せりふ》が気になります」

「片づけておかねばならぬことか」

「それは、鉢屋新左衛門との仲だったのでは」

「さあて。ふたりが付きあっていたなら、そうかもしれねえな」

「長尾さまは、ふたりが付きあっていなかったと」

「わからん。ただ、女将の心中は信じられぬと治助は言った。少なくとも、おようは外見上、そこまで追いつめられた様子がなかったということさ」

「無理心中というのは考えられませんか。鉢屋が何かの口実を付けて呼びだし、嫌がる女将の咽喉を絞めた」

「それもあり得る。当て推量ならいくらでもできるが、欲しいのは証拠さ」

「証人がいたとしたら、どうなされます」

「ん、心当たりでもあんのか」

「はい」

「誰だ」

「祖母です」

「なんだって」

「祖母は三日に一度、寅の七つに散歩へ出掛けます。道筋も刻限も判で押したように正確で、七つ半と申せば、ちょうど、譲の井で身を浄めているところなのです」

「まさか、昨夜も」

「散歩に出掛けてゆきました。ところが、わたしは寝惚けてしまい、明け六つの鐘を聞いて飛びおきたところへ、祖母が何食わぬ顔で帰ってまいりました」

「何か変わった様子は」

「ございませんでした。ただ、ご存じのとおり、祖母は近頃とみに物忘れがひどく、わたしの顔さえ忘れてしまうときがあります」

「ひょっとしたら、お婆様は何かをみていた。としてもだ、その様子では、みておらぬのといっしょだ」

「ふとした拍子に、重大事を思いだすことがあります」

「ふうむ、そいつは厄介だな」

期待してよいのかどうかも、迷うところだ。

鯉四郎としては、血腥《ちなまぐさ》い出来事に巻きこみたくないのが本音だろう。

「どうする。お婆様が案じられるようなら、帰ってもいいぞ」

「いいえ、ごいっしょさせてください。駒込の鉢屋へむかわれるのでしょう」

「従いてくるか」

「お願いします」

勘兵衛は頷《うなず》き、莚のほうをみた。

治助は蹲ったまま、熱心に経を唱えている。

井戸のそばに、五弁の黄色い花が咲いていた。

「弟切草《おとぎりそう》か」

この花は血止めの特効薬にもなる。とある鷹匠《たかじょう》の弟が鷹の傷を治す秘薬であることを他人に告げ、兄に命を絶たれた。兄が弟を殺《あや》めた逸話から、禍々《まがまが》しい名を付けられた。薬効が仇《あだ》となった不運な花だ。

静けさのなかに、治助の経だけが響いている。

「おぬしはいったい、何をみたのだ」

勘兵衛は、弟切草に問いかけてみた。

四

本郷の加賀藩上屋敷を過ぎて追分を右手へ、日光街道の鰻縄手を北西にすすむと、天栄寺門前の青物市場《やっちゃば》に出る。

そこから半町ほどさきの左手にあるのが南谷寺《なんこくじ》、駒込の目赤不動だ。そもそも、本尊は近くにある神明社裏手の動坂《どうざか》に奉られていたが、三代将軍家光の命で南谷寺に移された。

鉢屋は目赤不動を斜にのぞむ土物店《だな》の角にある。

勘兵衛と鯉四郎がやってきたころには、陽はすでに高く昇っていた。

心中だけに外聞が悪いのか、店の板戸は閉めきられ、奉公人たちは潜り戸から出入りしている。親戚や近所の連中は様子見をしているらしく、弔問に訪れる者もいない。

潜り戸を抜けると、店内はどんよりとした空気につつまれていた。

「長尾さま、これを」

鯉四郎が三和土《たたき》の隅に何かをみつけた。

太鼓暖簾《のれん》で覆い隠されているのだが、暖簾の脇から菊の花がのぞいている。

「菊細工のようだな」

「は」

何十本もの白菊が濃密に植えられ、天井から簾《すだれ》のように落ちていた。

全体像はわからない。

と、そこへ、憔悴《しょうすい》しきった顔の年増があらわれた。

「どうぞ、ご覧になってください」

弱々しく発し、手代に目配せする。

太鼓暖簾が外されると、あっと驚くような菊細工が目に飛びこんできた。

「こ、これは……帆掛け船か」

「宝船にございます。重陽の菊くらべで名誉の一等を頂戴いたしました。でも、あとは枯れるのを待つのみ」

夢やの菊くらべは、江戸随一と目される菊の連が主催する催しだった。そこで一等を獲ったとなれば、すべての鉢物愛好家が認める名人の称号を得たことになる。

「おまえさん、鉢屋の内儀かね」

「はい、れんにございます」

「おれんさんか。遣いの小者に事情は聞いたとおもうが」

「お聞きしました。心中なぞと……寝耳に水のおはなしです」

「さようか」

「悲しんでよいものかどうかも、正直、わからないんです」

亭主がこの世から消えたという実感が湧《わ》かないのだ。

「その宝船は新左衛門が丹誠込めて育てあげ、一等を頂戴いたしました。得意の絶頂だった主人がみずから命を絶つとは、どうしてもおもえないのです。でも、あのひとがわたしに隠れてこそこそやっているのは存じておりました。ええ、浮気相手なら何人もいたんです。あの唐変木《とうへんぼく》、時折、河童《かっぱ》に尻子玉《しりこだま》を抜かれたような面で朝帰りしてきやがった……ふん、こんちくしょうめ」

　おれんは勘兵衛たちの存在を忘れ、悋気《りんき》の強い一面をさらした。

　聞けば、新左衛門は手代あがりの入り婿、おれんには一生頭のあがらない立場だったらしい。

「内儀、おようという名に聞きおぼえはないか」

「いいえ」

「それなら、京橋の夢やは」

「菊くらべがあったお茶屋さんですか」

「おようは夢やの女将だ」

「もしや、その女将が心中の」

「相手だよ」

「まあ」

　おれんは絶句し、低い声で喋りだす。

「きっと、女将にそそのかされたんです。新左衛門はお人好しだから、酔った勢いでいっしょに死んでくれとでも頼まれ、言うことを聞いてしまったのかも……そうだ、きっとそうにちがいない」

おれんは手前勝手に推量し、相手の女に罪を擦《なす》りつけることで精神の重荷から解きはなたれようとしている。

「内儀、ご亭主は誰かに恨まれるようなことはなかったのか」

「そんなおぼえはありません。あのひとは生まれついての植木職、誰かを出し抜くとか、商いであくどく儲けるとか、そうした悪知恵のはたらかないひとでした。強いて申しあげれば、このわたしに見初められて鉢屋の旦那になり、手代仲間に妬《ねた》まれることはあったかもしれないけど、他人様に恨まれるようなことは少しも」

「そうか」

おれんは暗い顔で、呻《うめ》くようにつぶやいた。

「川路《かわじ》さまの申されたとおりになった」

「ん、何者だそれは」

「南鍛冶町《みなみかじちょう》の川路順恵《じゅんけい》さまをご存じありませぬか」

「南鍛冶町の川路……ああ、よく当たると評判の八卦見《はっけみ》か」

「はい。月に一度、商運を占っていただいておりました。長月の卦は凶と出ておりましたもので、新左衛門にはよくよく心せよと戒めていたやさき、このようなことになったのでござります」

おれんはどうやら、川路順恵なる八卦見に傾倒しているらしい。

「たしか、出世稲荷の隣に屋敷を構えておったな」

「はい。出世稲荷にあやかりたいと、お武家さまのご信者が足繁くお通いになられます。ご勘定奉行さまもご執心と聞きました」

「勘定奉行とは」

「佐原式部正《さはらしきぶのかみ》さまにござります」

「なに」

勘兵衛よりもさきに、鯉四郎が驚きの声をあげた。

「佐原さまは雲上のお方、御屋敷に出入りさせていただいていたわけではありません。ただ、菊の連にて、主人の新左衛門がご挨拶《あいさつ》申しあげる機会を得たのでござります。連においては身分上下の別はなく、お武家さまも商人も対等なのだと聞きました」

菊の愛好家の集まりで偶さか会話を交わし、勘定奉行の口から川路順恵の名が漏らされたのだ。

隣の鯉四郎は、もはや、はなしを半分も聞いていない。

佐原式部正の名が飛びだした途端、心ここにあらずといった体《てい》になった。

佐原は、父山田平右衛門の死に深く関わっている。

平右衛門が腹を切らされたときの組頭だった。

直属の上役であったにもかかわらず、汚職の責めを負わされなかった。

父だけが罪をかぶらされたのだと、鯉四郎は今でも頑なに信じている。

そのせいで母も兄たちも死んでしまったのだと、恨みを抱いていた。

根拠のないはなしではない。

勘兵衛も、おおまかな事情は聞いていた。

祖母の志穂が最近、妙なことを口走ったという。

——そなたの父が綴《つづ》った雑記帳がござります。

古い冊子には佐原への恨み言が連綿と綴られ、城普請の元請け選びに絡んだ汚職のからくりが詳しく記されてあるらしかった。だが、志穂は雑記帳のことは口にしても、鯉四郎に実物は見せてくれない。

ともあれ、勘定奉行にまで出世を遂げた佐原式部正に、鯉四郎は従前から深い憎しみを抱いていた。こんなところで二十数年前に勃《お》こった凶事の記憶が甦《よみがえ》ろうとは、予想もしなかったにちがいない。

ふたりは因縁めいたものを感じながら、目赤不動の鉢屋をあとにした。

五

翌日。

勘兵衛と鯉四郎は桶町周辺で聞きこみをおこない、夕河岸の喧噪《けんそう》を聞くころ、八丁堀に戻ってきた。

地蔵橋を渡ったあたりから、何やら胸騒ぎがしていた。

満天星の垣根を曲がったところで、ふたりは足を止めた。

表店には仁徳の怒声が響いている。

「邪魔だ、莫迦者」

女の啜《すす》り泣きも聞こえてきた。

鯉四郎がだっと駆けだし、勘兵衛もつづいた。

表店に飛びこむと、仁徳が真っ赤な顔で振りむいた。

「今頃帰ってきおって、役立たずどもが」

診療台に横たわる怪我人は、綾乃にほかならない。

額に膏汗《あぶらあせ》を滲《にじ》ませ、苦悶の表情を浮かべている。

「左肩を斬られておる。金瘡《きず》は深いぞ」

仁徳は傷口を消毒しながら叫んだ。

「綾乃……ど、どうしたのだ」

勘兵衛はことばを失った。

噎《むせ》び泣く小女の隣には、白髪の老婆が無表情で立っている。

鯉四郎の祖母、志穂であった。小女は手伝いのおたえだ。

つい今し方、志穂が自邸の裏庭で何者かに命を狙われた。

おたえは夕餉《ゆうげ》の買いだしで留守にしており、偶さか様子見に訪れた綾乃が巻きぞえを食ったのだ。

「失血しておる。予断は許さぬぞ」

「くそっ」

鯉四郎は怒りに耐えかね、床に拳骨を叩きつけた。

勘兵衛も冷静ではいられない。嫌な汗が毛穴から吹きでている。

腕の一本や二本失っても、命だけは助かってほしい。

心底から、そう願った。

仁徳にすべてを託すしかない。

このときほど、自分の無力を感じたことはなかった。

「先生、頼む。助けてくれ」

「わかっておる。綾乃は死なせぬ」

その夜が峠だった。

翌朝になると、綾乃の容態は落ちついた。

じつを言えば、止血の措置が施されており、そのおかげで助かったらしい。

小女のおたえによると、志穂が措置を施したのだという。

「おそらく、弟切草を使ったのでしょう」

鯉四郎がぼそっとこぼす。

「祖母には薬草の知識があります」

二日に一度は繰りかえされる「散歩」の際も、志穂は道々で草花を採取していたらしかった。

「弟切草は譲の井に咲いておったな」

「はい、あの場所に通う理由のひとつかもしれません」

血止薬としては、この時季、白膠木《ぬるで》の虫瘤《むしこぶ》や吾亦紅《われもこう》や弁慶草の葉なども蓄えてあるという。

三人は一睡もしておらず、落ちくぼんだ目で喋っている。

綾乃と志穂だけは、褥《しとね》のうえで昏々《こんこん》と眠っていた。

「左手は当面使えぬが、徐々によくなるじゃろう」

胸を張る仁徳が神にみえた。

鯉四郎が遠慮がちに口走る。

「長尾さま、家事はおたえにやらせます。あれでなかなか、しっかりしております」

「そうしてもらえると助かるな。というより、お婆様もおぬしも、しばらくはここで寝泊まりするがよい」

「え」

「おぬしも、物盗りの仕業とはおもっておるまい。八丁堀の同心宅が狙われるはずはなかろうからな。となれば、理由はわからぬが、お婆様は誰かに命を狙われたことになる。ひとりにしたら、おなじことの繰りかえしだ。また狙われるぞ。おぬしが拒んでも、放っておくことはできねえな」

「申し訳ござりませぬ」

「気にするな。それより、どこの誰がやったかだ」

おたえが買いだしから帰ってきたとき、すでに、下手人は去ったあとだった。

綾乃は血を流して倒れ、志穂が手当てをしていたのだ。

ふたりは下手人を目にしたにちがいない。

志穂が起きだしてきた。

さっそく質してみると、賊の顔は憶えていないという。

それどころか、賊に襲われたことも、どうやって逃げたのかも、綾乃に止血の措置を施したことさえも、ことごとく忘れていた。

「じっくり考えてみてほしい。何か、憶えていることはござらぬか」

勘兵衛が水を向けても、志穂は黙って宙をみつめるだけだ。

しばらくして、薄く紅を塗った唇《くち》もとが動いた。

「葛《くず》の葉」

聞きとれぬほどの低声《こごえ》で、そうつぶやく。

「今、何と仰いました」

「さあ。おもいだせません、いっこうに。困りましたね」

志穂はとりすました顔で応え、すっと立ちあがった。

綾乃の寝所にはいり、褥のそばに正座し、綾乃の額に手を当てて熱を計る仕種をする。

そうかとおもえば、黒髪を優しく撫《な》でてやる。

どこまでが正気なのか、判然としない。

鯉四郎にもわからないようだ。

やがて、志穂は縁側に戻ってきた。

板間に三つ指をつき、大粒の涙をこぼす。

「みなさまにはご迷惑をお掛けいたしました。おかげさまで、娘はああして生きながらえておりまする。なんと御礼を申しあげたらよいものか……う、うう」

勘兵衛はもう少しで、貰い泣きしそうになった。

仁徳は無精髭《ひげ》を撫でまわし、鯉四郎は暗い沼でもみつめるような眼差しをする。

「大奥様が飛んでしまわれた」

と、おたえが口を滑らせた。

志穂は今、忘我の霧中を彷徨っている。

夢と現《うつつ》の境界は曖昧《あいまい》で、他人の目には区別し難い。

「ええ、たしかに見ましたよ。井戸のそばで弟切草を摘んでいるときでした」

唐突に、志穂が喋りだした。

「女の方でしたねえ。とってもきれいなお方。お化粧も上手になされて。あれはたぶん、お芸者さんでしょうね」

鯉四郎が膝を躙《にじ》りよせる。

「婆様、そのとき、男は見なかったのですか」

「さあ、殿方は知りませんねえ」

いずれにせよ、志穂は譲の井で女を見たのだ。

それが夢やの女将である公算は大きい。

鯉四郎が振りかえった。

「祖母は心中のあったとおもわれる時刻、井戸のそばで凶事を目にしたのです。それで、何者かに命を狙われたのかもしれません」

そう考えるのが順当かもしれない。

しかし、志穂にそれ以上のことを聞きだすのは困難だった。

六

綾乃の意識は、なかなか戻ってくれない。

勘兵衛は鯉四郎をともない、南鍛冶町の川路順恵を訪ねてみようとおもった。

目を付けた理由は、順恵の占いは恐ろしいほどよく当たり、一部信者のあいだでは神託なみに崇《あが》められていると聞いたからだ。

「胡散臭《うさんくさ》い」

順恵は蛇や蛙を煮殺して占う蠱物《まじもの》師としても知られていたし、出世稲荷の隣に自邸を構える遣り口も、客寄せを狙っているようで気に食わなかった。

しかも、南鍛冶町は心中のあった桶町にきわめて近いのだ。

足をはこんでみると、出世稲荷の横に広大な平屋があった。

敷居をまたぐと、玄関脇の三和土に菊の鉢植えが並んでいた。

細工物ではなく、紅白の一輪咲きだ。

弟子らしき若僧が顔を出したので、さっそく声を掛けた。

「わしは臨時廻りの長尾勘兵衛、こっちは定廻りの末吉鯉四郎。奥に取りついでくれ」

「へえ」

少し待たされ、奥座敷に通された。

真新しい畳からは藺草《いぐさ》の匂いが立ちのぼり、縁には錦糸が施してある。

夕景に雁の描かれた襖《ふすま》を背にしつつ、禿頭《とくとう》の人物が堂々と座っていた。

「拙者が順恵にござります」

固太りのからだを、光沢のある絹地に包んでいる。

年齢は不詳、眉は薄く、瞳の色も薄い。

勘兵衛は床の間を背にして座り、鯉四郎は順恵と対座する恰好で腰を落ちつけた。

「ふうん、八卦見にしては驕《おご》った暮らしぶりではないか」

「これも血の滲むような努力の賜物でして」

「鉢屋の内儀に、長月の卦は凶と占ったらしいな」

「はい」

「占って時を措かず、不幸が起こった。偶然かな」

「と、申されますと」

「おぬしが仕組んだのではあるまいな」

「お戯《たわむ》れを、藪から棒に何を仰います」

「ふん、まあよい。玄関に菊の鉢植えが並んでおったが、あれは」

「菊の連に参加させていただいております」

「おぬしもか」

「時季は過ぎましても、心にはいつも菊の花が咲いてござります」

「風流なことを抜かす。勘定奉行の佐原さまとも知りあいなのか」

「ご懇意にしていただいております。それが何か」

菊の連に参加するには、それなりの地位と財力の裏打ちが要る。

ただ、ひとたび参加を認められれば、大いに名誉なことらしい。

「菊を愛でる人々のあいだに、上下身分の別はござりませぬ。みなさま、それをご承知で参加なさるのです。連においては、手前も佐原さまと対等におはなしができる。そこがたまらない。なにせ、先様《さきさま》はご勘定奉行さま、下々にとってみれば、雲上のお方にござりますからな。よろしければ、長尾さまもご推薦いたしますが」

「遠慮しておこう。それより、おぬしの占いはよく当たると評判らしいな。ひとつやってくれぬか」

「何を、でござりましょう」

「こやつの将来だ。嫁を娶《めと》ることができるかどうか」

横顔に笑いかけても、鯉四郎は憮然《ぶぜん》としたまま黙っている。

順恵は鯉四郎の面相をじっとみつめ、おもむろに口をひらいた。

「どなたか、想い人がおられますな。されど、眼前に高い壁が聳《そび》えてござる。おそらく、想い人のお父上にござりましょう。そうとうに気難しいお方のようだ。それから、ご家族にご病気の方はおられませせぬか」

鯉四郎は、ぴくっと眉を吊りあげた。

「やはり、おられますな。その方のせいで、嫁取りは遅れましょう」

「笑止」

鯉四郎は片膝立ちになり、しゅっと刀を抜いた。

鋭利な切先が、順恵の鼻先でぴたりと止まっている。

蟲物師は微動だにもせず、くくっと囀《さえず》るように笑った。

「どうか、物騒なものはお納めくだされ」

鯉四郎は気勢を殺《そ》がれ、音もなく刃を鞘《さや》に納めた。

「ふふ、お若い方の動きは手に取るようにわかります」

「はほう、なぜかな」

勘兵衛が水をむけると、順恵は首をかしげた。

「さて、なぜでしょうな。強いて申しあげれば、心の動揺を見透かすことができる。怒りや恐れ、あるいは恨みといった陰の感情がお強い方なら、すぐにわかります。逆しまに、童子の心は読めませぬ。読もうとした途端、意表を突かれます。ひょっとしたら、剣の極意に通じるのかもしれませぬな」

「邪魔をしたな」

勘兵衛は、すっと尻をもちあげた。

「鯉四郎、帰るぞ」

廊下に出かけたところへ、さきほどの弟子がやってきた。

「順恵さま、目黒不動のお内儀がお見えになられました」

「そうか、お待ちいただきなさい」

蠱物師のみせたわずかな動揺を、勘兵衛は見逃さなかった。

ふたりは弟子に見送られ、表口までやってきた。

「長尾さま、どうおもわれます」

鯉四郎が囁《ささや》いてくる。

「あの似非《えせ》者、家族に病の者がいるなどと、見てきたような事を抜かしました」

「墓穴を掘ったのではないか。こっちの事情を事前に探っていたのかもしれぬ」

「え」

「驕った口が滑ったのさ。ま、どっちにしろ、八卦見で大儲けしている輩のことばなど信じたくもないわ」

「同感です」

「それより」

勘兵衛は、弟子の首根っこをつかんだ。

「おい、目黒不動の内儀ってのは何者だ」

「へ、へえ。材木問屋のお内儀でございますが」

――木曽屋《きそや》。

という屋号を聞き、鯉四郎は空唾《からつば》を飲んだ。

弟子の胸倉をつかみ、鬼のような形相で質す。

「木曽屋ってのは、木曽屋重蔵《じゅうぞう》のことか。おい、どうなんだ」

「さ、さようにございますう」

鯉四郎は弟子を襤褸屑《ぼろくず》のように投げすて、ぺっと土間に唾を吐いた。

「おい、木曽屋がどうしたのだ」

「佐原式部正と関わりの深い商人です」

「ほう」

鯉四郎の父平右衛門が腹を切らされた当時、お上の意向で千代田城の大規模な城普請がおこなわれた。その際、木曽屋と出羽屋の材木問屋ふたつが元請けの利権を争った。

実質の決定権者は勘定奉行だったが、勘定方の意見によって選出は大きく左右された。元請けが出羽屋になりかけたとき、平右衛門は謂われなき罪を問われた。出羽屋の業績を改竄《かいざん》し、有利にはたらくように細工したと訴えられたのだ。しかも、出羽屋から多額の賄《わい》賂《ろ》を受けとっていたことの裏付けとなる帳簿も指摘された。

そのせいで元請けは木曽屋に決まり、巨万の富を築くきっかけとなった。

勘定組頭の佐原は当時から木曽屋と蜜月な関わりを保ち、金銭の援助を得て勘定奉行に出世したのである。

一方、平右衛門は帳簿を改竄したおぼえもなければ、賄賂を受けとったおぼえもなかったが、何ひとつ抗弁せず、無念腹を切らされた。遺言状も遺さなかったために、真相は闇に葬られた。

平右衛門が死んでくれて、肩の荷を降ろした連中もあったにちがいない。

鯉四郎は幼心に、おかしいと感じた。父の無実を信じ、物の道理がわかるようになってからは、父が罠《わな》に塡《は》められたのではないかと疑いはじめた。だが、証拠はない。今さら調べようにも、調べようがない。疑惑と恨みだけがのこった。

ところが、である。

平右衛門の無念が綴られた雑記帳があると、最近になって志穂に聞かされた。

内容の断片を聞きかじり、積年のおもいが燻《くすぶ》りはじめたのだ。

そこへもってきて、父の怨念に導かれたかのように、怨敵どもの影が浮かびあがってきた。

危ういなと、勘兵衛はおもった。

動けば動くほど、深みに填まってゆくような気がする。

鯉四郎が敵討ちに走ることだけは、止めねばなるまい。

確乎たる証拠もなしに突きすすめば、たとい本懐を遂げたとしても、敵討ちとはみなされない。ただの人殺しとして、厳罰に処せられるのがおちだ。

勘兵衛は複雑なおもいを抱きつつ、材木問屋の内儀が出てくるのを待った。

七

木曽屋の内儀は京橋の手前で駕籠《かご》を拾い、東海道を南下しはじめた。

日黒不動への道筋はふたつある。

品川宿から目黒川を遡上《そじょう》する川筋がひとつ、高輪大木戸から白金に抜けて行人坂《ぎょうにんざか》をくだる道筋がひとつ、どちらにしろ、一刻半はかかる道程だ。

日黒は公方《くぼう》が遠乗りでおもむく鷹場、目黒不動は田圃《たんぼ》のただなかにぽつんとある。

菊や柿の産地なので秋の行楽に訪れる者が多く、なかでも不動の縁日にあたる長月二十八日は大勢の参詣客で賑《にぎ》わった。

内儀を乗せた駕籠は蒼海をのぞむ縄手を軽快に走りぬけ、高輪大木戸跡を右に折れた。

「桶町、目赤ときて、こんどは目黒、不動繋ぎだな」

勘兵衛と鯉四郎は小走りで駕籠を追い、行人坂の急坂を転がるように駆けおりた。

目黒川に架かる石の太鼓橋を渡れば、目黒不動は目と鼻のさきだ。

上手際には、吾亦紅が赤く点々と咲いていた。

駕籠は仁王門の手前で止まり、内儀は降りた途端に蹌踉《よろ》めいた。

どうにか酒手を払い、白井権八《しらいごんぱち》と遊女小紫《こむらさき》で有名な比翼塚に手を合わせ、滑るように参道をすすんでゆく。

本堂に詣でるのだろう。

開山の慈覚《じかく》大師が彫ったと伝えられる不動立像は、火焔《かえん》を背にして全身漆黒、双眸《そうぼう》を怒らせ、牙を剥《む》き、右手には煩悩を断つ降魔《ごうま》の剣、左手には煩悩を縛りつける羂索《けんさく》を握っている。

参道には、土産の餅花を手にした娘たちも見受けられた。

帰りに御福餅と三宮飴《あめ》を買ってかえろうと、勘兵衛はおもった。

目黒不動に足を延ばしたときは、かならず、綾乃への土産に川口《かわぐち》屋の飴を買うのだ。

木曽屋の内儀は本堂へ通じる石段の手前で、ついと左手に折れた。

すぐさきに、小さな滝がある。

慈覚大師が仏具の獨鈷《とっこ》を投げたところ、湧きだしたという。

褌《ふんどし》一丁の侍が獨鈷の滝に当たり、垢離を取っていた。

近くに葦簀《よしず》掛けの小屋が設けられ、微風にはためく幟《のぼり》には「褌貸します」の墨文字がみえる。

「他人の褌で相撲を取ろうというわけか」

あらゆる手管で賽銭を稼ごうとする商魂が、透けてみえるようだ。

勘兵衛はおもわず笑ったが、内儀はとみれば、深刻な面持ちで滝を拝んでいる。

何を祈っているのだろうか。

内儀は本堂へ向かわず、仁王門に踵《くびす》をかえした。

木曽屋は門前大路に面し、たいそう立派な屋根看板を掲げている。

木場や天王洲に蔵をいくつも抱え、江戸の材木問屋仲間の肝煎《きもい》りをつとめたこともある大商人だ。

近所の評判はすこぶる良い。

主人の重蔵は五十代なかばの恰幅《かっぷく》の良い人物、物腰もやわらかで微笑みを絶やさぬところから「目黒不動の恵比須様」なぞとも呼ばれていた。

そうした評判とはうらはらに、内儀の表情は暗い。

わざわざ、遠い道程を川路順恵のもとへ通っているほどだから、かなりの悩み事を抱えているのはあきらかだ。

木曽屋の敷居をまたぐと、広い玄関先は出入りの業者たちでごった返していた。

ふと、土間の片隅に目をやると、菊細工が置き忘れたかのように埃《ほこり》をかぶっている。

「鯉四郎、あれをみろ」

「また、菊細工ですね」

しかも、帆掛け船を模した細工のようだ。

目赤不動の鉢屋で目にした「宝船」を想起させたが、若干、規模は小さい。

手代に案内を請うと、丁重に奥座敷へ通された。

幸い、主人の重蔵は在宅らしい。

内儀のすがたは、どこかに消えた。

長い片廊下を渡ってゆくと、中庭をのぞむことができた。

朱の太鼓橋に龍神の祠《ほこら》まで築かれた大きな池がある。

池畔の楓《かえで》が少し色づきはじめていた。

座敷に腰を落ちつけたところへ、麦湯が出されてくる。

少し間が空き、顔の艶々《つやつや》した人物があらわれた。

「手前が木曽屋重蔵にござります」

なるほど、噂どおりの恵比須顔だ。

鯉四郎は、両方の拳をぎゅっと握りしめた。

父平右衛門の死に関わりの深い人物とおもえば、緊張もするだろう。

「臨時廻りの長尾勘兵衛さまと、それから、定廻りの末吉鯉四郎さまでいらっしゃいますね。わざわざ、八丁堀のほうからお見えになられたとか」

「いかにも」

「なんぞ、この界隈《かいわい》に凶事でもござりましたか」

「川路順恵のことで、ちと聞きたい」

「川路どの、ああ、八卦見の。内儀がたいそう入れこんでおりまして。もっとも、手前が紹介したのでござりますが」

「どこで知りあったのかな」

「菊の連にござります」

「そういえば、表口で細工物を目にしたな」

「ちっ、あれほど片づけておけと申したのに」

突如、木曽屋は悪態を吐いた。

恵比須顔が仁王の形相に変わっている。

「あ、いや、ははは、申し訳ございませぬ。盛りを過ぎた菊ほど風情のないものはない。みっともないものを、旦那方にお見せしてしまいました」

「帆掛け船を模した細工のようであったが」

「お恥ずかしながら、あれは宝船にございます。菊くらべに出品いたしましたが、残念ながら次席に」

「ちなみに、一等は」

「目赤不動の鉢屋新左衛門どの。あちらも宝船の菊細工にございました。おなじ船でも月とすっぽん。なにせ、あちらはご本職、片手間にやっておる手前なぞ歯も立ちませぬ。うほほ」

勘兵衛は、じっと木曽屋をみつめた。

わざとらしい笑いのなかに、口惜しさが滲みでている。

鯉四郎は興奮が隠せないらしく、歯軋《はぎし》りをしはじめた。

「ご主人、その鉢屋新左衛門だが、一昨日の未明、冷たくなってみつかったぞ」

「ひぇっ、まことですか」

「驚いたようだな」

「そりゃもう、親交はございませんでしたが、同じ菊の連仲間。さっそく弔問にお伺いせねばなりますまい」

「急《せ》くことはない。ほとけはまだ家に帰っておらぬ」

「おや、それはまたどうして」

「心中の疑いがある」

「心中ですか」

「相手は夢やの美人女将、おようだ。おぬしとて知らぬ相手ではあるまい」

「夢やの女将か、ふうむ、あのふたりが……信じられぬ」

木曽屋に動揺はなく、むしろ、泰然と構えている。

修羅場を乗りこえてきた者の太々《ふてぶて》しさを感じさせた。

「つかぬことを訊くが、勘定奉行の佐原式部正さまは存じておるか」

「無論です。手前の今があるのも、佐原さまのおかげにございます」

「二十数年前のはなしになるが、お城普請の元請け入札に絡んで、不祥事があった。勘定方の山田平右衛門が腹を切ったこと、よもや忘れてはおるまいな」

「山田さま、はて、二十数年前となると、記憶のほうがどうも。近頃、とんと物忘れがひどくなりまして」

「されば、山田平右衛門の切腹と相前後して、出羽屋が廃業に追いこまれたことは」

「出羽屋」

「おぬしの商売敵だよ。忘れたとは言わせぬぞ。出羽屋の主人夫婦は奉公人に蓄財をすべて与えて里に帰したのち、梁《はり》に紐を渡して首を吊った。夫婦仲良く釣瓶《つるべ》心中さ、わしとてよう憶えておる。あれは、秋風の吹く寂しい夕暮れのことだった」

木曽屋は眸子を細め、口をへの字に曲げ、どうにか平静を保っている。

「出羽屋さんのことは憶えております。されど、それは田沼意次《おきつぐ》さまのご時世のはなし。今さら、さような黴《かび》の生えたおはなしを蒸しかえされても、何をどうお応えしてよいものやら」

「木曽屋さんよ、どれだけ歳月が経っても消えねえものがひとつある。それはな、恨みだ。ひとの心の奥底に根付いた恨みは、生半可なことじゃ消えやしねえ。てめえは出羽屋が沈んでくれたおかげで、大商人への階段を登りはじめた。あんとき、てめえとつるんでいたのが佐原式部正よ、当時の勘定組頭さ」

「ぶ、無礼ですぞ。ご勘定奉行さまを、呼びすてになさるとは」

「構わねえさ。虫の好かねえ野郎に、さまなんぞ付けられねえ。へへ、おれの隣に座っている男の顔が不動明王に見えねえかい。こいつはな、あんとき腹を切らされた山田平右衛門の忘れ形見だ」

「ひぇっ」

木曽屋は座布団から滑りおち、顎をわなわな震わせた。

疚《やま》しいところがなければ、こうも動揺はするまい。

それがわかっただけでも、きた甲斐はあった。

「妙な縁だな」

誰に聞かせるでもなく、勘兵衛はぽつりとつぶやいた。

二十数年も経って、黒い疑惑を解きあかす好機が訪れたのだ。

しかも、それは一見、何の関わりもない心中から派生したものだった。

「天網恢々《てんもうかいかい》疎《そ》にして漏らさずとは、まさに、こうしたことをいうのだろう」

勘兵衛は鯉四郎の逸る気持ちを抑えつけ、木曽屋をいったん退いた。

「長尾さま」

「ああ、わかっている。木曽屋はかなりの悪党だ」

「内儀が何か知っておるかもしれません。叩いてみますか」

「いいや、やめとこう。ちょいと突っついただけで、壊れちまいそうだ。知っていることを吐くめえに、舌を嚙まれてはたまらん」

「しかし」

「放っておけ、ほかにも調べるさきはある。いいか、焦るんじゃねえぞ、おれたちはあくまでも、心中の真相を調べているんだからな」

それは自身への戒めでもあった。

不満顔の鯉四郎に釘を刺し、勘兵衛は大股で歩きはじめた。

八

綾乃はすっかり元気を取りもどし、食欲も出てきた。

志穂の熱心な看病も恢復の手助けになっているようだ。

鯉四郎とひとつ屋根の下で暮らすことに抵抗はあったが、そうも言っていられない。

綾乃は、自分を斬った賊の顔を憶えていなかった。

振りむきざまに斬られ、黒い影が風のように去っていったという。

志穂も賊に関しては何も思いださなかったが、妙なことを口走った。

「笛の音が聞こえた」

というのだ。

追及しても、それ以上の返答はなかった。

心中から四日目を迎えても、屍骸となった男女が日本橋に晒されることはなかった。

世間から不審を取りはらうには、一刻も早く真相をあきらかにする以外になかろう。

銀次が調べから戻ってきた。

「鉢屋新左衛門にゃ、ねんごろになった女がおりやした。しかも、そいつが桶町に住んでいやがった。へい、譲の井の鼻先でさあ。駄洒落《だじゃれ》みてえなはなしだが、そいつが桶屋の女房でしてね、何で新左衛門がそんなけちな女房に惚れたのかと申しやすと、ふたりは幼なじみだったんでさあ」

銀次は桶屋の女房に会い、直にはなしを聞いた。心中騒ぎのあった晩、新左衛門と不忍《しのばず》の出会茶屋で逢い引きしていたことを、女房はみとめたのだ。

「新左衛門は悋気《りんき》の強い鉢屋の内儀に気を遣い、いつも夜が明けきらねえうちに出会茶屋を出て、桶町まで見送ってくれたそうでやすよ。へへ、これで新左衛門が桶町に居た理由がわかりやした」

「桶屋の女房は何か見ておらぬのか」

「見ておりやせん。ただ、鳶《とび》の鳴き声のような笛の音を聞いたと」

「笛の音」

「何か、引っかかりやすかい」

「ふむ、鯉四郎のお婆様も笛の音を聞いたらしくてな」

「ほう」

「まあよい、つづけてくれ。夢やの女将のほうはどうであった」

「へい、あの女将、女友達に、夫の遺した借財のことで苦慮していると打ち明けておりやした」

「夫の借財か」

事によると、見世を手放さなければならぬとも告げていたらしい。

「なるほど、片を付けておきたいこととは、借財のことだったのか」

「たぶん、そうでやしょう。女将は悩んだあげく、桶町の不動尊でお百度を踏むとまで漏らしていたそうで」

「新左衛門とおようは、落ちあったのではなさそうだな。偶さか、同じ場所に居あわせちまった」

「あっしも、そうおもいやす」

隣で黙って聞いていた仁徳が、いらつきながら口を挟んだ。

「うぽっぽ、だとすりゃどうなる」

「そうですな。やはり、これは心中にみせかけた殺しなのでしょう」

最初に殺害されたのは、鉢屋新左衛門だった。

「小刀で咽喉笛をすぱっ、そいつを夢やの女将が見ちまった」

「それで、口封じされたのか」

「ええ。女将は逃げきれず、何者かに首を絞められた。ところが、女将が殺められたところを、もうひとり別の人物が見ていたのです」

「婆様かい」

「おそらくは」

つまり、おようは新左衛門殺しを、志穂はおよう殺しを目撃した。

ふたりは殺しを目撃したという同じ理由で、誰かに命を狙われたのだ。

志穂が殺害されていたら、殺しの連鎖になるところであった。

「いってえ、どこのどいつが下手人なんだよ」

それがわかれば世話はない。

「ただ、気になる者はおります」

一同が勘兵衛の丹唇に注目する。

「鉢屋が殺められた理由を探れば、おのずと浮かんできます。ひょっとしたら、菊くらべが絡んでいるのかも」

「菊くらべじゃと」

勘兵衛は仁徳にむかい、かいつまんで説明してやった。

「調べてみますと、鉢屋は菊の連では新参者でした。じつはこの二年間、菊くらべは木曽屋重蔵の独壇場だった。一昨年は不老長寿の滝、昨年は彼岸の雁渡りという菊細工で一等に輝いた」

当然のごとく、木曽屋は三年連続の栄冠を狙っていた。

重陽の発表当日まで、菊細工の内容はあきらかにされない。

「秘中の秘というわけですが、蓋を開けてみれば、木曽屋と鉢屋の細工は同じだった。初夢に掛けた宝船です。おそらく、これは偶然です。双方を並べて見比べてみれば、どちらが勝っているかは一目瞭然、鉢屋に軍配があがった」

木曽屋は誇り高い男、同じ題材で新参者に一等をさらわれ、怒り心頭に発したことは想像に難くない。偶然が殺意に繋がってしまったのだ。

「菊くらべか。それしきのことで、人の命を殺めるものかのう」

「容易に殺れるとわかったら、一線を越えるかもしれませんよ」

「すると、木曽屋に囁いた者がおると」

「大金と引換に、殺しを請け負った者がおりますな」

「それは」

「蟲物師です」

「ふん、うぽっぽお得意の手前勘か」

「確証はありませんがね。ただし、あの男、とんだ食わせ者でした」

十年ほどまえまで、神田鍛冶町二丁目裏の不動新道に東軍流の道場があった。道場主が不審な死を遂げたのち、道場は師範代の男に引きつがれた。ところが、弟子が集まらなくなり、ほどなくして道場はたたまざるを得なくなった。師範代は行方をくらまし、道場は廃屋と化してしまったのだという。

「その師範代が順恵にまちがいないと、出世稲荷の守番が以前から睨んでおりましてね」

嗅《か》ぎまわってみたら、数人の証言が得られた。

「順恵が東軍流の師範代だったとすれば、刀を使えることになります。それと、気に掛かるのは、鳶の鳴き声に似た笛の音です」

志穂も桶屋の女房も、笛の音を耳にしている。

「仁徳どの、何だとおもわれますか」

「さあな、もったいぶらずに教えろ」

「座頭の呼子ではないかと」

「どういうことじゃ」

「順恵は座頭に化け、鯉四郎の家に近づいたのです。座頭ならば、八丁堀をうろついておっても不審がられません。桶町もしかり。木曽屋に依頼され、新左衛門とおようを殺めたのは、川路順恵ではないかと考えます」

勘兵衛は、獨鈷の滝を拝んでいた木曽屋の内儀の横顔をおもいだした。ひょんなことで旦那の非道を知り、悩みぬいていたのではなかろうか。悩んだすえに通うさきが順恵のもとだとすれば、皮肉なはなしだ。

「うぽっぽ、綾乃を斬ったのも、その蠱物師ってことになるな。だったらよ、一刻も早く引っくくるか、ぶった斬るかしてこいや」

「年寄りは気が短くて困る。焦りは禁物ですよ」

「くそったれめ、一杯飲りたくなってきたぞ」

「焚き火を焚いて温《あたた》め酒でもつくりましょう」

「よし」

勘兵衛は鯉四郎と銀次に枯れ葉を集めさせ、仁徳は小女のおたえに酒肴《しゅこう》を支度させた。

九

寅の七つ、志穂が褥からむっくり起きあがった。

雨戸を開け、庭下駄を突っかけて簀戸を抜け、薄闇の町に迷いだす。

雨戸の開く音で目を醒《さ》ました勘兵衛は、着の身着のままで追いかけた。

地蔵橋の手前で振りむくと、手に刀を提げた鯉四郎が息を切らして駆けてくる。

「長尾さま、申し訳ないことにございます」

「いつもの癖が出たな」

「はい」

志穂は八丁堀の横町を幾度か曲がり、海賊橋を渡って日本橋の手前に出た。

「同じ道筋です」

鯉四郎が囁いてくる。

だが、志穂は左手に折れず、日本橋を北詰めにむかって渡りはじめた。

「妙だな」

鯉四郎は首をかしげる。

不安な心持ちで背中を追うと、志穂は竜閑川を越えて左手に曲がり、鎌倉河岸にむかった。

あたりは暗く、河岸も濠《ほり》も静まりかえっている。

志穂は鎌倉河岸から神田橋御門前も通りすぎ、一本目を右手に曲がった。

「錦《にしき》小路だぞ」

まっすぐすすめば、駿河台の屋敷町に行きつく。

「どこに行くのだろう」

鯉四郎は不安を募らせた。

志穂は少し足を速め、表猿楽町を南西にむかう。

中途から右手に折れ、裏猿楽町の坂道を登った。

緩やかに膨らんだかたちから、鍋弦横町と呼ばれる界隈だ。

が、横町でも何でもない。左右には大身旗本と大名屋敷の海鼠塀《なまこ》がひたすらつづいてゆく。

道の途中で、志穂はふいに足を止めた。

身を隠すところは沿道に並ぶ柳の木陰か、塀際に掘られた側溝のなかしかない。

ふたりは側溝にはいって踝《くるぶし》まで水に浸かり、身を屈めながら慎重に近づいた。

頑なに閉じられた表門を、志穂はしきりに眺めている。

「あっ、あの屋敷は」

鯉四郎が眦《まなじり》を吊りあげた。

「佐原式部正の屋敷です」

「なんだと」

「祖母はなにゆえ」

「しっ、誰か出てくるぞ」

門脇の潜り戸から、提灯を掲げた用人があらわれた。

さらに、頭巾で顔を隠した人物があらわれ、別の用人がつづいた。

志穂はいつのまにか、木陰に身を寄せている。

「長尾さま、あの頭巾の男」

「佐原式部正だな」

「やはり」

「よし、泳がせてみよう」

行は駕籠を使わず、徒歩で小栗坂から皀莢坂《さいかち》にいたり、水道橋のたもとに降りていった。

「舟に乗る気だ」

志穂はとみれば、水道橋の手前でついと曲がり、皀莢坂を登ってゆく。

まるで、何らかの意図があって、ふたりをここまで導いたかのようだった。

「鯉四郎、おぬしはお婆様を頼む」

「しかし」

「こっちは、わしに任せておけ」

「は」

鯉四郎は残念そうな顔で、志穂の背中を追いかけた。

勘兵衛は急いで土手下に降り、船頭を呼びつける。

佐原一行を乗せた屋根船は神田川を東漸《とうぜん》し、大川の落ち口にむかった。

落ち口の手前で、空が白々と明けてきた。

明け六つを報せる時の鐘が、江戸じゅうに響いている。

屋根船は燦爛《さんらん》と輝く大川を横切り、佐賀町を越えたところで油堀に進入した。

さらに、深川八幡の北に進み、奥へ奥へと漕ぎすすむ。

たどりついたところは、木場だった。

川並たちが丸太のうえに乗り、鳶口で器用に材木を掻きあつめている。

南の小高い土手は洲崎、雁渡りの名所だ。

潮の香が濃厚にただよってくる。

佐原一行は陸にあがると、まっすぐ材木蔵のひとつにむかった。

蔵の正面天井に掲げられた看板には、木曽屋の屋号が描かれている。

「なるほどな」

勘兵衛は慎重に歩をすすめ、蔵のなかに忍びこんだ。

内側は薄暗く、だだっ広い。

刺青《いれずみ》の人足どもが褌一丁で蠢《うごめ》いている。

掘割は蔵の内部まで通じており、桟橋らしき場所には荷船や艀《はしけ》が繋がれ、つぎつぎに荷が降ろされているところだ。

数ケ所に篝火《かがりび》が灯っていた。

「こら、もたもたするな」

禿頭の男が帳簿を捲《めく》り、我が物顔で差配している。

おっと、声を洩らしかけた。

差配役の男は、誰あろう、川路順恵にほかならない。

順恵のもとへ、佐原一行が近づいていった。

用人ふたりは背後に控え、頭巾をかぶった佐原と順恵が何やら囁きあっている。

両者の関わり方は、緊密そのものだ。

荷は「いの壱」とか「ろの参」とかの符帳で呼ばれ、人足たちの手で裏口から外に移されていった。

勘兵衛は、荷の中身が気になった。

「ええい、ままよ」

着物を脱ぎ、褌一丁になる。

着の身着のままで志穂の背を追ってきたので、大小も十手も携えていない。

手拭いで頬被りをすれば、人足にみえなくもなかろう。

「寒いな」

生白いからだに鳥肌が立った。

勘兵衛は何食わぬ顔で、桟橋にむかう。

山と積まれた荷は、佐原と順恵の至近にあった。

俯き加減に歩き、どうにか荷のところまでたどりつく。

三尺四方はある荷の隅に手を掛けた。

「ほっ」

持ちあげた途端、腰がぎくっと鳴った。
重い。
足がふらついた。
何とか踏んばったところへ、順恵の声が掛かった。
「おい、おまえ」
荷を抱えたまま背中をむけ、ひとことも発しない。
順恵が歩をすすめ、すぐそばまで近寄ってくる。
「そいつは、ほの弐だ。慎重にな」
「へ、へい」
心ノ臓が飛びだしかけた。
危なっかしい腰つきで荷を抱え、裏口にむかう。
蔵の外に出ると、数台の荷車が待っていた。
すでに、莚で覆って縛りつけた山もある。
勘兵衛は人足どもの目を盗み、暗がりに荷を運びこんだ。
地面に転がった鉈《なた》を拾い、十字に縛られた縄を切る。
木箱の蓋を開けると、薬草の匂いが立ちのぼった。

「何かな」

想像はついた。

油紙に包まれたものの正体は、人参《にんじん》である。

根皮を剝いで天日で乾燥させた白参、どれも立派な大きさだ。

会津などで産された国産品とはちがう。

「唐渡りか」

親指ほどで十両はくだらぬ、御禁制の品にほかならない。

木曽屋は材木商の隠れ蓑《みの》を使い、抜け荷に手を染めていたのだ。

そして、汚れ仕事はすべて、川路順恵に任せている。

背後でふたりを操るのが、勘定奉行の佐原であった。

悪事のからくりが、まざまざと浮かびあがってくる。

「こりゃ、根が深えな」

勘兵衛は人参の髭根を睨み、きゅっと褌を締めた。

十

荷車を追って行きついたところは郊外ではなく、日本橋からつづく大路のすぐ裏手だった。所在は神田鍛冶町二丁目裏、町内に幸不動尊が奉られているところから、不動新道と呼称される横町だ。

その片隅に、廃屋と化した平屋があった。

近所の者は「幽霊屋敷」と呼んで寄りつかない。

十年ほどまえまでは、東軍流の道場であったという。

「なるほどな」

かつて、順恵が師範代をつとめた屋敷が、隠し屋敷として使われているのだ。

西を見上げれば、千代田城の甍《いらか》が間近にみえる。

「うっかり気がつかない隠し場所だな」

屋敷内に荷が運びこまれるのを確かめ、勘兵衛は家路についた。

焦ってはいけないと、逸る気持ちを抑えつける。

捕り方を動員しても、捕縛できるのは雑魚《ざこ》ばかりだ。

勘定奉行を釣りあげる方法を、じっくり考えねばならぬ。

八丁堀の自邸に戻ってみると、味噌汁の匂いがただよってきた。

ぐうっと、腹が鳴る。

「綾乃、帰ったぞ」

叫んでも、誰も迎えに出てこない。

袂《たもと》には人参がいっぱい詰まっている。

「父上、こちらです」

勝手場から、弱々しい声が聞こえてきた。

足を踏みいれると、綾乃が右手で味噌汁の鍋を掻きまぜている。

「無理をしてはいかんな」

「もう、平気です」

「千六本か」

「はい」

嬉しかった。好物である大根の味噌汁を、綾乃がままならぬ手で作ってくれている。

「大根は、おたえさんに切ってもらったのですよ」

「そうか、みなはどうした」

「それが、わたしには何も告げず、どこかに行ってしまわれました」

胸騒ぎを感じた。

にわかに、表が騒がしくなった。

「お、帰ってきたな」

縁側に出てみると、志穂が蒼褪めた顔で庭石のうえに立っている。

仁徳とおたえは、簀戸門から躍りこんできたところだ。

「いや、まいったぞ。婆様がいきなり外へすっ飛んでいきおってな。鯉四郎を追っていったのじゃが、婆様に何かあったらまずいとおもい、必死に追いかけたのさ」

仁徳は吹きでる汗を袖で拭った。

志穂が、ぐっと身を寄せてくる。

「鯉四郎が……鯉四郎が行ってしまいました」

「どこに」

質しても志穂は応えず、髪を振りみだして懇願する。

「助けてくだされ。あの子は死ぬ気です。あの子を、助けてくだされ」

尋常ならざる様子から、鯉四郎は敵討ちにいったのだと悟った。

正面突破をはかるべく、駿河台の佐原邸へむかったに相違ない。

「莫迦たれが」

勘兵衛は吐きすてた。

志穂はがっくり膝をつき、庭石を抱えこむように蹲ってしまう。

「気を失いおった」

仁徳が駆けより、志穂を抱きおこした。

綾乃も心配げに、様子を窺っている。

ひょっとしたら、志穂はすべてを把握しているのではないかと、勘兵衛はおもった。

惚けと必死に闘いながら、自分なりに積年の恨みを晴らそうとしていたのではあるまいか。

ともあれ、のんびりとしてはいられない。

勘兵衛は部屋に飛びこみ、朱房の十手を拾いあげた。

抜け荷がからんでいる以上、相手も必死になるはずだ。

鯉四郎が一刀流の練達であろうとも、佐原家の用人すべてを相手取って生きのこる保証はない。

無闇に斬りこめば、返り討ちにあうだけだ。

捕縛でもされたら、十中八九、土壇行きとなる。

なにしろ、相手は勘定奉行なのだ。罪状ならいくらでも捏造《ねつぞう》できる。

「仁徳どの、ひとつ頼まれてくれ」

「何じゃ」

「銀次を吟味方与力の門倉角左衛門さまのもとへ遣わし、至急、不動新道の廃屋へ捕り方を差しむけてもらうよう、言伝《ことづて》させてほしい」

「罪状は」

「抜け荷、こいつが証拠の品だ」

勘兵衛は、左右の袂をひっくり返した。

人参がごろごろ、転がりおちてくる。

「ひょう、唐渡りじゃな」

仁徳がひとつ摘みあげる。

「先生、大急ぎで頼む」

「仁王顔の門倉角左衛門なら、知らぬ相手ではない。わしが直に頼んでやるわさ」

「お願いいたす」

「おめえは行くのか」

「ひとあしおさきに」

「鯉四郎を、死なせるんじゃねえぞ」

「承知」

刹那、目の端に火花が散った。

ままならぬ左手も使い、綾乃が燧石《ひうちいし》を打っている。

仁徳と同じ心境でいるのだ。いや、誰よりも、鯉四郎の無事を願っているにちがいない。

勘兵衛は無言で頷き、十手を帯の背にぶちこむ。

雪駄を履いて庭に降り、尻端折《しりっぱしょ》りで駆けだした。

十一

駿河台、鍋弦横町。

足を忍ばせ、佐原邸の裏口にまわった。

荷車が、ぽつんと一台だけ待機している。

様子を窺っていると、ふたりの人足が早桶を担いできた。

さらに、四人の用人が荷車の前後につき、警戒しながら移動しはじめる。

勘兵衛は、ごくっと唾を飲んだ。

鯉四郎はきっと、早桶のなかにいる。
生きているのか、それとも、死んでしまったのか。
「くそっ」
勘兵衛は、鯉四郎の無念をおもった。
父が謂われなき罪で腹を切らされ、家族の運命は暗転したのだ。
母を失い、幼い兄たちも失い、孤独を噛みしめながら大人になった。
志穂の愛情がなければ、生きながらえることは難しかったにちがいない。
「生きておれよ」
祈りつつ、荷車のあとを跟《つ》けた。
怪しい連中は、鍛冶町二丁目の裏手にまわった。
たどりついたさきは、おもったとおり、不動新道の廃屋だ。
「待っておれ、助けてやるからな」
荷車は裏手にまわり、人足たちは勝手口から早桶を運びいれた。
生きていると察し、勘兵衛は頰を弛《ゆる》めた。
死んだ人間を、わざわざ家屋に運びいれる必要はない。
責め苦を与え、裏で操る人物の名でも吐かせる気だろう。

人足たちが居なくなると、あたりはしんと静まりかえった。
捕り方の応援があらわれる気配はない。
仁徳はちゃんと役目を果たしてくれたのだろうか。
不安になった。
古井戸の陰から、ふっと顔を差しだす。
そこへ、用人がひとりやってきた。
厠《かわや》に行くらしい。
下膨れの大柄な男だ。
男が屈んだのを見定め、そっと近づいた。
厠に戸はない。汚い尻が白々と薄闇に浮かんでいる。
息が掛かるほど近づき、背後から口を押さえつけた。
「う、ぬぐ」
男は藻搔いたが、すぐに抵抗しなくなった。
咽喉もとに白刃があてがわれたからだ。
「騒ぐな、搔っきるぞ」
男は震えながら、頷いてみせる。

晒された尻が寒そうだ。

「早桶で運んだのは定廻りだな、生きておるのか」

「あ、ああ」

「なかに何人いる」

「よ、四人」

「ひとりは蠱物師か」

「ああ」

それだけ聞けば充分だ。もう用はない。

勘兵衛は白刃を峰に返し、首筋に叩きつけた。

「うっ」

男は昏倒し、糞溜に顔を突っこんだ。

勘兵衛は勝手口から忍びこみ、上がり端へあがった。

表口の板間に、三人の用人どもは集まっている。

目隠しのためか、表の雨戸は閉めきってあった。

部屋のなかは薄暗く、手燭が随所に掛けてある。

順恵だけがいない。

土間の片隅に、縄で縛られた莚が転がされていた。

もぞもぞと蠢いている。

鯉四郎だ。

「ふふ、お目覚めだぞ」

「どれ」

用人のひとりが腰をあげ、土間に降りた。

莚を引きずって転がし、どんと蹴りつける。

「うっ」

苦しげな呻きが漏れた。

「どうする」

用人たちは顔を見合わせ、残忍な笑みを浮かべる。

隣部屋のほうから、聞き覚えのある声がした。

「旦那方、そのでけえ芋虫、存分に痛めつけてやってくださいよ」

順恵だ。禿頭をてからせている。

用人のひとりがつぶやいた。

「頭《かしら》はどうした。厠から戻らぬのか」

「よし、わしが見てまいろう」

別のひとりが尻をもちあげる。

勘兵衛は土間に飛びおり、暗がりに俯せた。

半開きの引き戸をがらっと開け、用人がやってくる。

これをやり過ごし、するりと部屋に忍びこんだ。

用人ふたりと順恵は、こちらに背をむけている。

勘兵衛は板間を滑り、土間に近づいてゆく。

ふいに、ひとりが振りむいた。

「あ」

勘兵衛は板間を蹴り、ふわっと宙に舞いあがる。

驚いた用人の脳天を、十手の先端で叩きつけた。

「ぬぎゃっ」

付けいる隙を与えず、隣に座る用人の顔面を払う。

「ほげっ」

用人は頰桁を砕かれ、土間に転げおちた。

「くそっ、てめえは……あんときの老い耄《ぼ》れか」

順恵は板間を横転し、隣部屋に飛びこんだ。

勘兵衛は追わず、小刀で莚の荒縄を切った。

雁字搦《がんじがら》めに縛られた鯉四郎が、ごろんと転げでてきた。

目隠しと猿轡《さるぐつわ》を外してやると、烈しく咳きこんでしまう。

「な、長尾さま……ふ、不覚をとりました」

「こっぴどくやられたな、大丈夫か」

「ご心配にはおよびませ……うくっ」

左手の指が二本、反対側に折れ曲がっている。

元どおりに戻した途端、ぐきっと骨が鳴った。

「ぐおっ」

痛みに耐えかね、鯉四郎が吼える。

そこへ、外に出ていた用人が駆けもどってきた。

「きさまら」

隣部屋からは、順恵も飛びだしてくる。

右手には、三尺近くの刀を握っていた。

順恵の背後には、木箱が積みあげられている。

高価な人参が詰まった箱だ。

売れば何百、いや、何千両にもなる。

木箱があるかぎり、おいそれと逃げだすことはできまい。

「ふん、逃げる気はねえさ。相手は手負いと老い耄れだ」

順恵はつるっと頭を撫で、刀を青眼に構えた。

「長尾勘兵衛、おとしまえをつけてやる」

「ずいぶんな自信だな」

「東軍流の師範代をつとめた腕前さ」

「ふうん。やっぱり、そうだったか」

「つおっ」

順恵に気を取られていると、用人が横から斬りかかってきた。

勘兵衛は軽々と躱《かわ》し、相手の脾腹《ひばら》に十手を叩きこむ。

「ぐふっ」

用人は腹を押さえて蹲り、そのまま気絶した。

「あとはおめえひとりだ。悪党め、縛につけ」

「そうはいかぬ」

順恵は斬りかかってくると見せかけ、身を翻した。
土間に飛びおり、表の板戸に肩からぶちあたってゆく。
濛々と塵芥が舞った。
板戸が向こうに倒れ、順恵のからだも転がった。
間髪を容れず、猫のようなすばしこさで立ちあがる。
つぎの瞬間、悪党は息を飲んだ。
屋敷を囲む垣根の向こうに、無数の御用提灯が並んでいた。
「御用、御用」
大合唱が響き、順恵は耳をふさいだ。
もはや、抵抗する気力もない。
「昼間の御用提灯は、どうもさまにならねえな」
勘兵衛は順恵を蹴倒し、背中を踏みつけた。
が、これで終わったわけではない。
本物の悪党は、まだふたり残っている。
尋常な手段では裁くことも難しかろう。
ここはひとつ、覚悟をきめて掛かるしかない。

十二

二日後の朝。
日本橋南詰めの晒し場は、たいへんな騒ぎになった。
通常ならば心中の男女が晒されるはずの莚に、早桶がふたつ仲良く並べられている。
しかも、各々の桶からは、蒼褪めた皺首が突きだしていた。
白髪まじりの頭髪はざんばらになり、獄門台に晒された生首のようにもみえる。
が、瞬きをするので、生きてはいるようだ。
ただし、喋ることもおぼつかない。
「捨て札があるぞ」
野次馬が叫んだ。
捨て札には一行。
――この者ども、奸賊なり。
とだけある。
薬草の匂いがするので覗いてみると、早桶のなかは御禁制の人参で埋まっていた。

それと気づいた野次馬どもが、突如、色めきだす。

と、そこへ。

四角い顔の鬼与力が、颯爽《さっそう》とあらわれた。

「控えい。罪人に触れた者は同罪とみなす。ええい、控えい」

門倉角左衛門であった。

怒声を張りあげつつも、戸惑いを隠せない。

早桶に埋まった人物の片方を見知っていた。

勘定奉行の佐原式部正だ。

もうひとりは、木曽屋重蔵にほかならない。

「たわけたことをしおって」

誰の仕業かは判然としない。

門倉は人垣のなかに、勘兵衛をみつけた。

「おい、長尾」

「は、何か」

「そこで何をしておる」

「見廻りの途中ですが」

「ちと、こっちへ来い」

言われたとおりにすると、耳を引っぱられた。

「痛っ、門倉さま、何をなされます」

「長尾よ、あれが誰だかわかるか」

「さて、誰でしょうな」

「大きい声では言えぬが、ご勘定奉行だ」

「ほう」

「驚かぬのか」

「驚いておりますが」

「あれをやったのは、まさか、おぬしではあるまいな」

「ご冗談を。昼行灯《あんどん》のわたしめに、あのような大それたまねができましょうか」

「それもそうだな」

「されど、門倉さま、ご勘定奉行が人参入りの早桶に埋まって晒されるとは、前代未聞の珍事ですな」

「さよう。なれど、火のないところに何とやらとも申すしな」

「やはり、切腹は免れませぬか」

「ふむ。満天下に恥を晒しただけでも、大罪に値しよう」

「隣の商人は」

「打ち首じゃな」

「くわばら、くわばら」

勘兵衛は念仏を唱えつつ、群衆のなかに消えていった。


夕刻。

勘兵衛は庭の落ち葉を掻きあつめ、焚き火をやりはじめた。

ひとりゆっくり、温め酒でも飲ろうとおもったのだ。

綾乃は部屋で休んでおり、小女のおたえは近所まで使いに出ている。

鯉四郎は仁徳に誘われ、銀次の女房がやっている芝居町の福之湯へ出掛けた。

誰かの気配を感じて振りむくと、志穂がつっと身を寄せてくる。

「長尾さま、いろいろとお世話になりました」

「何を仰います。わたしは何もしておりませんよ」

「あの、ひとつお願い事をしても」

「何でしょう」

「これも、燃やしていただけませぬか」

志穂はそう言い、古びた冊子を取りだした。

表紙の題名に「葛の葉」とある。

「それは」

「山田平右衛門の綴った雑記帳にござります。この二十有余年、ずっと捨てられずにおりました」

「それが雑記帳、まことにあったのですね」

「わたくしが遺品のなかからみつけ、長いあいだ、読まずに保管しておりましたの。葛の葉は山田家の家紋です。でも、家紋だから付けたのではないと、綴りを開いたとき、わたくしは感じました。この雑記帳には、平右衛門どのの恨み言が詰まっております」

なるほどと、勘兵衛はおもった。

葛の葉は秋に葉の裏を見せる。裏を見せる裏見が転じて、葛の葉は恨みをあらわす隠語になった。すなわち、雑記帳に記された題名には、平右衛門の名状しがたい恨みが込められているのだ。

「これを読めば、平右衛門どのが腹を切らされた経緯も、凶事にまつわるからくりも手に取るようにわかります。されど、白洲では証拠になりますまい。あくまでも、一介の勘定方の恨み言にすぎぬのですから。それは本人にもわかっていたはず。でも、綴らずにはいられなかったのでしょう。これは、誰かにみせようとして綴ったものではありません」

勘兵衛は「葛の葉」を受けとった。

「この雑記帳を読めば、鯉四郎は歯止めが利かなくなる。志穂どのには、それがわかっておられたのですね」

わかっていたからこそ、自身の憤りは抑えこみ、雑記帳の存在を隠しつづけた。

「ところが、隠しおおせる自信すらなくなってまいりました。寄る年波には勝てませぬ。惚けがひどくなってまいりましてね。おそらく、こたびの一件も、わたくしではない誰かが招いたことにちがいない」

平右衛門の口惜しさを代弁する恰好で、鯉四郎に恨み言を吐いてしまったような気もすると、志穂は言う。

「よいではありませぬか。もう、終わったことです」

「そうですよね」

勘兵衛は「葛の葉」を火にくべた。

燃えあがる様子に目を細め、志穂はことばを接《つ》いだ。

「わたくしのようなお荷物がいなければ、鯉四郎も楽になれるでしょうに。でも、恐くて死ねないんです、どうしても」

「あなたが死ねば、鯉四郎とて生きてはゆけない」

「え」

「きっと、そうですよ」

「平右衛門どの」

志穂の口調が、あきらかに変わった。

勘兵衛は眉をひそめ、老婆の顔をじっとみつめる。

「平右衛門どの」

と、志穂はまた呼びかけてくる。

口調とはうらはらに、物腰に変化はない。いたって、平静なのだ。

勘兵衛は頷き、にっこり笑いかえした。

「義母上《ははうえ》、いかがなされた」

「ほかならぬ、鯉四郎のことですよ。わたくしはね、綾乃さんといっしょになってくれればなあと、心底から願っております」

勘兵衛は返事も忘れ、黙りこんだ。

志穂は気にも留めず、喋りつづける。

「わたくし、お不動さまに願掛けをしているのですよ。長尾勘兵衛どのは、あのとおり、頑固なお方でしょう。容易には綾乃どのを手放すまいとおもうのです。ですから、お不動さまのお力をお借りしなくてはなりません」

山田平右衛門の綴った「葛の葉」は焦げた断片と化し、煙とともに宙に舞いはじめた。

「ねえ、平右衛門どの。そうなってくれれば、いいのにねえ」

「はい」

力強く発しておきながら、勘兵衛は頭を垂れた。

何やら、悲しくなってくる。

志穂のすがたに、見たこともない母の面影を重ねていた。

ひとつくらい、母親孝行の真似事をしてみたい。

――わかりました。わかりましたよ、母上。

勘兵衛は、胸の裡《うち》で何度も繰りかえした。

気づいてみれば、美味《うま》そうな味噌汁の匂いがただよってくる。

「平右衛門どの、あなたのお好きな千六本ですよ」

「いかにも、そうですな」

夜空には星屑がちりばめられている。
志穂の痩せた頰には、一筋の涙が光っていた。

『うぽっぽ同心十手綴り　病み蛍』二〇〇七年八月　徳間文庫

中公文庫

うぽっぽ同心《どうしん》十手《じって》綴《つづ》り
病《や》み蛍《ほたる》

2023年12月25日　初版発行
2024年2月20日　3刷発行

著　者　坂《さか》岡《おか》　真《しん》

発行者　安部順一

発行所　中央公論新社
〒100-8152　東京都千代田区大手町1-7-1
電話　販売　03-5299-1730　編集　03-5299-1890
URL https://www.chuko.co.jp/

DTP　ハンズ・ミケ
印　刷　大日本印刷
製　本　大日本印刷

Published by CHUOKORON-SHINSHA, INC.
Printed in Japan　ISBN978-4-12-207455-2 C1193

坂岡真の中公文庫

うぽっぽ同心十手綴り

女殺し坂

無骨だが情の深い元同心が辻斬りに遭った。この世に未練をのこした死に顔に、遺された妻女の無念は募る。臨時廻り同心の長尾勘兵衛は、下手人をあげるべく探索を始めるが、その相手は……。十手持ちには越えてはならぬ一線があり、覚悟を決めねばならぬ瞬間がある。正義を貫くため、勘兵衛は巨悪に立ち向かった。傑作捕物帳シリーズ第三弾！

坂岡真の中公文庫

うぽっぽ同心十手綴り

藪《やぶ》　雨《さめ》

おででこでん、おででこでん。女だけで芝居を打つ「緒川佐保之丞」一座は大入り人気で江戸を騒がしていた。愛娘の綾乃が女役者の赤子を取り上げた縁があり、臨時廻り同心の長尾勘兵衛も足を運ぶ。しかし夕刻、大惨事が起こってしまう……。たかが〝うぽっぽ〟と侮るなかれ、怒らせたら手が付けられぬ鬼と化す――。傑作捕物帳シリーズ第五弾！

坂岡真の中公文庫

うぽっぽ同心終活指南（一）

臨時廻り同心の長尾勘兵衛は、還暦の今も江戸市中を歩きまわっていた。同年配の同心たちはほとんど隠居したが〝うぽっぽ〟は変わらない。勘兵衛は、十数年前に島送りとなった男の帰りを娘に伝えるか逡巡していた。そのとき偶さか居合わせた若い侍から身の潔白を訴えられて……。傑作捕物帳シリーズ新章 書き下ろし 谷正充

[redacted]